BENOÎT SOURTY

RENDEZ-VOUS

Nouvelles

Pierre Turcotte Éditeur

Dépôt légal – Bibliothèque et Archives nationales du Québec,
Bibliothèque et Archives Canada, 2023.
ISBN : 978-2-925219-97-2

Rendez-vous

À Catherine,
étoile trop filante
au cœur de nos ténèbres.

Rendez-vous à Barbizon – 1

Enfants, on fait tous des promesses qu'on trouvera absurdes lorsque, devenus adultes, on se les rappellera à l'occasion de célébrations du passé telles qu'un anniversaire ou la remontée incontrôlée de pensées nostalgiques. Et lorsque ce sont des promesses d'adolescent à adolescente, c'est encore pire, puisqu'elles en arrivent à nous faire douter que celui qui les a proférées autrefois est bien le même type que celui qui s'en souvient aujourd'hui avec un peu d'amusement ou de honte selon qu'il est satisfait de ce qu'est devenue sa vie ou déçu de la trouver banale finalement.

On était collégiens et habitait tous les deux près de la forêt. La petite ville ne pouvait pas lui échapper, les arbres nous entouraient et on aimait ça, les balades main dans la main, plus belle façon de passer les après-midis ensemble. Et chaque fois qu'on y allait, on ne pouvait manquer de jeter un coup d'œil par les fenêtres de l'« Auberge Ganne » avec l'envie d'y pénétrer un jour tous les deux, s'installer à une table et commander un truc à boire, ou mieux encore, y réserver une chambre pour y inventer les gestes qui nous aideraient à faire s'envoler notre enfance.

De notre vie d'adolescente et adolescent me reste principalement cette période ritualisée entre le collège et la forêt. Ni les salles de classe, ni le foyer familial ne sont restés imprimés dans ma mémoire, seulement les après-midis, allongés tous les deux sous les arbres, à même les épines et les fourmis rouges. Et le chemin pour s'y rendre, le trottoir devant l'auberge avec ses fenêtres à petits carreaux.

Et puis un matin, on a deviné que c'en était fini. Plus de balades. Et les promesses qu'elles portaient en elles risquaient de n'être jamais tenues. Nous deux, ballotés dans la tempête déclenchée par la décision de mes parents de déménager, quitter la ville, la région, le pays, la planète, n'y pouvions rien. Nos vies allaient changer, nous séparer à tout jamais. A moins de fuguer ensemble, partir ensemble, vivre ensemble. Tout cela était abstrait comme un rêve de jeunes ados et on n'a pas osé bien sûr.

Alors on s'est promis de se retrouver un jour. Quoiqu'il nous arrive. Sans savoir ce que cela voulait dire. Que connaissions-nous des hasards, des accidents, des rencontres à venir ? Des dangers pour tout dire.

Persuadés que la vie ne devait pas être aussi injuste, on a juré que plus tard, devenus adultes, on se retrouvera ici, devant l'auberge ou mieux encore dedans pour que la promesse ne reste pas qu'une idée folle de mômes de 14 ans.

On a fixé la date, c'était facile. Jumeaux, elle et moi, nés le même jour, la même année, seuls nos parents différents. Alors le jour, le mois, on n'a pas eu de mal à les fixer. C'est pour l'année qu'on a hésité. On a décidé trente ans. Comme ça. On aurait pu dire quarante. Ou même cinquante, c'était aussi lointain pour nous deux. Et aussi réaliste en même temps, car on y croyait. J'y crois toujours. Et elle aussi, j'en suis sûr. Alors quoiqu'il nous arrive durant toutes les années à venir, quand on aura trente ans, on se retrouvera là.

On a décidé ici, au même endroit, devant l'auberge.

Et la seule chose qui nous empêcherait de tenir cette promesse, ne seraient pas les écueils de la vie que nous étions bien incapables d'imaginer, ni les événements terribles telle que la mort de l'un de nous deux, mais serait l'oubli. Mais ça, ce n'était pas envisageable.

Il était tôt le matin du départ, assez tôt pour qu'aucun de nos parents ne remarquent encore notre absence, moi sorti par la fenêtre de ma chambre, moins pour ne pas me faire remarquer que pour donner à cette escapade matinale, un parfum de danger.

Je pensais arriver en avance, mais elle était déjà là assise à la terrasse que le patron de l'auberge laissait dressée même la nuit, et je l'ai vue qui m'attendait et les frissons qui parcouraient mon corps n'étaient pas ceux du froid. Et ce sont les mêmes ce matin au volant de ma voiture, seize ans plus tard.

Je voyais la forêt au bout de la rue principale au fur et à mesure que je me rapprochais d'elle qui m'attendait assise à la terrasse de l'auberge et j'aurais bien aimé m'engouffrer sous les arbres avec elle, nous y perdre encore une fois ensemble. Mais on n'avait pas le temps.

On ne s'est pas parlé, essoufflés, apeurés comme on peut l'être à 14 ans de désobéir à ses parents alors que jusqu'à présent dociles comme des moutons. Trop dociles. Et fébriles. La même fébrilité avec laquelle je roule ce matin sur les petites routes à travers la forêt pour me rapprocher de notre secret.

Elle s'est levée et, pour la première fois, ses lèvres amies sur mes lèvres amies et c'était aussi simple que ça, le début de la promesse. Et puis on est partis chacun de son côté.

Et c'était dur à supporter, cette certitude que désormais vivre serait attendre.

Attendre trente ans quoiqu'il arrive, quoi que deviennent nos vies sans savoir ce que cela veut dire car à quatorze ans on ne sait rien des années qui vont suivre.

Je ne l'ai jamais revue. On s'est écrit un peu, marié beaucoup en ce qui me concerne. Et puis on ne s'est plus écrit du tout.

Je ne sais pas ce qu'elle est devenue. Je n'ai jamais cherché à retrouver sa trace ni ses coordonnées, préférant cent fois faire confiance à notre confiance l'un pour l'autre, persuadé qu'elle sera là pour notre anniversaire et c'était plus jolie d'y croire que de forcer la main du destin en la contactant avant. Ça faisait partie de la promesse d'amour, cette confiance qui rend aveugle.

C'est aujourd'hui.

Je sors de ma voiture, il ne peut rien m'arriver de grave. De plus grave que son absence.

Je sais que l'auberge est fermée, transformée en musée, j'ai fait des recherches sur internet, mais ça ne change rien, la bâtisse est toujours au même endroit, sans table ni chaise pour m'installer sur le trottoir, mais les mêmes fenêtres à petits carreaux. J'ai fait exprès de ne pas passer devant en voiture, de ne pas me garer à proximité. J'ai laissé la voiture dans une petite rue pas trop loin mais pas trop près non plus et je vais marcher un peu. J'ai 30 ans et je tremble comme si j'en avais quatorze lorsque je tourne à l'angle de la rue de l'auberge et me dirige dans la rue principale pour me rapprocher de celui que j'étais et que je suis encore.

Rendez-vous à Rafina

Je savais que la chaleur serait écrasante. Je le savais parce qu'il me l'avait dit. Et pourtant, au moment où j'ai posé les pieds sur le tarmac, je me suis fait la réflexion que je n'avais jamais eu aussi chaud de ma vie. Et puis rapidement cette histoire de chaleur m'a paru incongrue ou dérisoire par rapport à l'enjeu que j'avais mis dans ce voyage depuis la réception de son message. Il m'écrivait être d'accord pour me rencontrer, mais à la condition de venir jusqu'à lui, sur cette petite île grecque, lui ne voyageant plus en France depuis longtemps, par crainte de menaces ou poursuites judiciaires sans doute.

Bref, c'était du sérieux et rien ne devait me déconcentrer de ma mission, pas même Camille.

Je venais tout de même de me taper dix heures d'avion et de bateau, de bousculer notre emploi du temps et reporter les vacances que je devais passer avec elle.

La seule adresse reçue par sms s'avérait être celle d'une ruelle et d'un genre de petit bazar dont je n'aurais jamais deviné qu'il était un magasin s'il ne me l'avait pas précisé dans son texto. Le genre de boui-boui où je n'aurais jamais mis les pieds s'il ne m'avait pas dit de l'y attendre.

La femme qui tenait la boutique ne parlait pas un mot de français, moi pas un mot de grec, j'ai tout de même réussi à comprendre que l'homme lui avait dit de me faire attendre et qu'elle n'avait aucune idée de combien de temps cela allait durer.

Alors je me suis assis sur la chaise qu'elle a posée sur le trottoir et j'ai envoyé un message au type pour lui dire que j'étais arrivé et n'attendais plus que lui.

Rien. Aucune réponse. Pendant trente minutes, une heure.

J'ai essayé de soutirer quelques infos à la femme du magasin, mais les seules que j'ai pu comprendre étaient qu'elle venait d'Albanie et que l'homme avec lequel j'avais rendez-vous et dont je lui présentais la photo, lui avait bien donné pour mission de m'accueillir en attendant sa venue.

Alors j'ai encore patienté. Une heure encore.

Et puis j'en ai eu marre de rester assis sur la chaise, comprenant que ça pouvait durer encore longtemps et j'ai baragouiné à la femme que j'allais faire un tour. J'ai limité mes velléités d'aventurier en ne m'éloignant pas assez pour que le magasin ne soit plus dans mon champ de vision si jamais l'homme se pointait enfin.

Quitte à attendre autant en profiter pour voir à quoi ressemblait cette bourgade de bord de mer.

Et c'est au moment où je débouchais sur une place que son sms en réponse au mien est arrivé sur mon téléphone. Il aurait quelques temps de retard, une affaire familiale importante le retenait quelque part et je n'avais qu'à me promener pour patienter, même s'il était désolé d'être incapable de me préciser la durée de son retard, de mon attente. Il lui fallait prendre un bateau pour arriver jusque-là, au moins une heure de traversée alors tout indiquait que je risquais de ne pas le voir avant demain.

Au début, contrarié j'ai pris mon mal en patience en me rappelant que j'adorais découvrir des lieux nouveaux, passion partagée avec Camille, une des rares d'ailleurs et c'était bien là le drame qui m'avait fait préférer ce voyage aux vacances initialement programmées avec elle. Mais il me fallait bien un peu de matière pour nourrir mon prochain article. Et rencontrer ce type était la certitude que ce voyage n'était pas inutile.

Façades blanches, rues désertes qui débouchent sur la grande place, la mer en face. Et toujours cette chaleur. Le temps suspendu, un ciel bleu sans tâche, aucun souffle de vent, pas un mouvement, le soleil éclatant, aucun mouvement à part les silhouettes de chats faméliques glissant sous les portails à mon approche, un scooter qui débouche et disparait au coin d'une rue, m'abandonnant au son de son moteur qui s'éloigne lui aussi à son tour. Et c'est tout.

Et en même temps une fureur monte du fond de moi. D'être parti précipitamment, toute affaire cessante, comme une priorité, alors que l'urgence à venir voir ce type à l'autre bout de l'Europe ne tenait pas cinq minutes face aux arguments de Camille pour essayer de me convaincre de rester avec elle. Je n'ai même pas pensé lui proposer de m'accompagner.

L'article que je voulais écrire, avait besoin des informations que ce type décelait, peut-être même de ses documents s'il acceptait de jouer le jeu. Mais encore fallait-il pour cela qu'il soit là et depuis les heures que j'errais, je commençais à me demander si je n'étais tout simplement pas en train de me fourvoyer.

La ville déserte, mon errance avec parfois le son d'une radio qui traverse une fenêtre ouverte dans une rue. Sinon rien. J'ai maintenant la certitude qu'il ne viendra pas aujourd'hui, j'ai quitté le quartier du bazar où on avait rendez-vous et cherché à me perdre dans la petite ville.

Au large, un ferry passe devant l'ile comme pour me narguer et insister sur le risque que je cours d'y rester englué si jamais plus aucun bateau ne venait me rechercher.

Et puis un autre message me donnant deux adresses possibles où dormir ce soir, et qu'on se verrait de toute façon demain.

Je n'avais toujours pas contacté Camille pour lui dire que j'étais bien arrivé ni lui préciser que je ne savais rien sur la date de mon retour. Lui avouerai-je que le type n'était pas encore arrivé. Passer ma vie à me tromper de priorité, elle saurait me renvoyer tout ça en pleine face, voilà la vraie raison pour laquelle je ne l'avais pas encore contactée.

Devant la terrasse vide d'un restaurant, une enseigne a attiré mon regard. Une fois assis, je me retrouve face à un vieux bonhomme sorti de nulle part. Il est immobile devant moi, attendant que je dise quelque chose. Je fais deux - trois signes sémaphoriques pour qu'il saisisse que je désire une bière. Il comprend car retourne à l'intérieur du restaurant et revient avec une bouteille.

Que fait Camille en cet instant ? J'aurais bien trinqué avec elle le verre de la réconciliation.

Personne sur la place ni à l'horizon. J'en suis à ma deuxième bière. Et cet article qui n'avance pas. Peut-être attendais-je trop de cette rencontre ?

Là-bas au loin sur la falaise, la silhouette d'une croix indique une chapelle. La vue sur la mer doit être superbe depuis ces hauteurs. J'irai y faire un tour. Une fois ma troisième bouteille de bière vidée.

Bon dieu qu'est-ce que je transpire ! Quelle idée d'avoir voulu grimper en plein soleil jusqu'à la petite église. Les cigales *cymbalisent* et leur musique m'accompagne depuis que j'ai quitté le village pour le sentier qui gravit la falaise. Parade nuptiale pour attirer la femelle. Et j'imagine que le silence installé lorsqu'aucune cigale ne *cymbalise* plus, que plus aucun criquet ne stridule, traduit que les couples sont formés, s'accouplent, et les amants s'aiment.

Je commence à me demander où je vais devoir passer la nuit et les prochaines éventuellement. Aucun signe du témoin principal de mon article et je ne m'affole plus, les bières y sont sans doute pour quelque chose et la chaleur comme anesthésiant

Et s'il n'avait jamais eu l'intention de venir me rejoindre ?

Devant moi la mer, l'appel du vide depuis le haut de la falaise. Je me déshabille et là, en caleçon je saute d'un rocher à l'autre pour descendre jusqu'au rivage et je plonge. Pour oublier que ce rendez-vous improvisé était foireux et juste un prétexte pour m'éloigner de Camille en réalité.

Après quelques brassées je me retourne vers le rivage, déjà loin au large. Bon nageur, de beaux restes et les abysses sombres sous les pieds, toujours aussi grisantes.

La ville là-bas en face écrasée par le soleil et moi rafraichi par la mer.

Mon regard vers les rochers, la petite plage, je les vois, ne les vois plus, les vois à nouveau au fur et à mesure que les vagues me portent ou me plongent en leur creux, faisant disparaître la terre, les villas, la route de mon champ de vision. Flux et reflux des vagues. Je n'ai plus pied depuis longtemps évidemment. Comme après une dispute avec Camille.

Soudain, c'est elle que je vois sur le rivage là-bas en face, hésitant à venir me rejoindre, quelques centaines de mètres entre nous deux et moi qui n'attends que ça, qu'elle me rejoigne et elle cherche mon regard, mais je suis loin, je la vois, je ne la vois plus, puis la vois à nouveau, une vague en haut, une en bas, flux et reflux tandis que je la devine fondre en larmes devant la tâche à accomplir, quelques brassées épuisantes pour me rejoindre, les vagues entre nous comme autant de larmes accumulées jusqu'à ce jour parce que c'est trop dur de se rejoindre.

Après des heures - comment savoir précisément ? - je veux rentrer et m'affole de ne pas retrouver un bateau pour vite quitter cette ile et rejoindre Camille le plus tôt possible, lui envoyer un message pour lui dire que je reviens. Et que ma vraie place est auprès d'elle.

C'est à ce moment-là que mon téléphone vibre parce qu'un message du type me fixe le lieu de notre rendez-vous pour demain.

Rendez-vous à Ravensbrück

J'ai 90 ans et je ne suis pas prête d'arrêter de fumer, docteur Snokoff.

Docteur Snokoff ! Il faudra peut-être un jour que je vous explique pourquoi j'ai un faible pour vous malgré toutes les âneries que vous me dites à propos de ma santé et du danger de la cigarette. Des remontrances ! A mon âge ! Docteur Snokoff ! Je pourrais être votre mère, votre grande mère.

Que faisait votre mère, docteur ? Etait-elle Slave ou était-ce votre père ? J'ai toujours eu un faible pour les Russes. Ça date de mes 20 ans. Jusque-là je ne savais rien des Russes, à part que c'était des communistes qui se battaient contre les nazis. C'est tout ce que j'avais appris, mais pourquoi aurais-je eu besoin d'en savoir plus ?

Quoi qu'il en soit, je me suis toujours plu à vous penser d'origine Russe, monsieur Snokoff et cela, dès que vous êtes arrivé dans cette maison de retraite. Je me souviens du premier jour. Je vous ai trouvé bien sympathique. Et pourtant vous avez tout de suite commencé à me faire la morale parce que je passais ma journée, cigarette au bec.

La morale, docteur Snokoff ! A mon âge.

Mais ça n'avait déjà pas d'importance, vous apportiez avec vous quelque chose de russe, je ne sais pas, la consonance de votre nom, votre regard, vos manières…Et un instant de mon passé m'est soudain remonté. Alors je ne vous serais jamais assez reconnaissante de l'avoir fait et de continuer à le faire chaque fois que vous débarquez ici.

Et pourtant ce n'est pas un passé très drôle, si vous saviez, docteur. Mais comment le sauriez-vous, je n'en ai jamais parlé à personne. Ni ici, ni dans ma famille. Ma famille ! Qu'en reste-t-il ? Je dois être la seule encore en vie. Malgré l'âge et les cigarettes.

Ou grâce à elles, plus exactement.

Je vais vous dire pourquoi je vous aime bien docteur Snokoff.

Le premier Russe que j'ai vu dans ma vie, était beaucoup plus jeune que vous et même moi j'étais plus jeune que vous l'êtes aujourd'hui. J'avais quarante ans donc, et il a débarqué dans le camp avec une dizaine de jeunes types, tous aussi gamins que lui ; dix-huit ans à peine, et qui avaient dû connaître pas mal de moments durs dans l'armée rouge. Ils arrivaient en éclaireurs, leur armée pas encore là et ils n'étaient certainement pas préparés à voir le spectacle que nous leur montrions. Mais qui aurait pu y être préparé ? Qui aurait pu prévoir ? Ils ne s'attendaient pas à la vision d'horreur que nous offrions et qui a dû subitement leur faire paraître moins terribles, leurs champs de batailles.

J'ai cent ans et je m'en souviens comme si c'était hier, mémoire conservée presque intacte dans la saveur de cette cigarette que 60 ans plus tard je fume. Taisez-vous, docteur Snokoff laissez-moi fumer et pour une fois écoutez-moi !

Cette journée d'avril 45, dans la peur de l'arrivée imminente de l'armée russe, les nazis fuyaient en catastrophe le camp, emmenant avec eux toutes celles capables d'aligner quelques pas les uns après les autres. Jusqu'à l'exécution, l'assassinat je devrais dire, des traînards dans les bois alentour. Je le savais, je ne sais pas comment, je m'en doutais, alors je n'ai pas voulu fuir et je me suis cachée. Dans le block, sous un châlit, tellement maigre que, dans un trou de souris, j'aurais pu me glisser, et tellement faible surtout, qu'incapable de marcher, je n'ai même pas voulu partir.

Autour de moi, j'entendais. C'était la panique. Les SS voulaient nous emmener toutes, squelettes ambulants, cadavres en sursis, hagards égarés, il fallait quitter Ravensbrück, plus aucune trace ni de nous, ni de nos os, ni de nos cendres.

Combien de temps suis-je restée cachée dans la baraque ? À attendre. Attendre des heures, peut-être des jours, quelle importance, Que vient faire le temps qui passe dans cette histoire ? Et puis plus rien. Est-ce que j'ai dormi, ou me suis-je évanouie ? Un moment, n'entendant plus le silence, j'ai cru qu'ils étaient revenus. Mais c'était des voix qui ne criaient pas. Ce n'était plus « Raus, Augen rex, Zu fünf, Schweine », mais des mots inconnus.

Pour la première fois de ma vie, j'entendais des mots Russes.

Je ne sais pas comment j'ai trouvé la force de sortir de ma cache, j'ai glissé, rampé de sous le lit et pas à pas jusqu'au chambranle de la porte où je me suis appuyée.

Mes yeux endoloris par la lumière. Le ciel était bleu. C'était la première fois depuis des mois que j'osais le regarder. Devant moi quelques soldats en uniforme russe, paralysés de voir des dizaines de squelettes vivants sortir d'une baraque, et puis d'une autre et plusieurs encore, qui nous retrouvions, quelques-unes à avoir eu le même réflexe de survie, sans le savoir, cadavres ambulants aux regards ahuris qui sortions à l'air libre.

Quelle vision d'horreur offrions-nous à ces jeunes pour que, de tétanisés, ils deviennent effrayés ?

Et ce jeune Russe qui me regarde et moi, incapable de lui sourire. Et pourtant s'il savait, tellement heureuse de les voir, nos libérateurs.

Il se tait, me regarde et soudain fond en larmes. Qui savait ce qu'il allait trouver en débarquant à Ravensbrück ce matin d'avril 45. En larmes. Je reverrais toujours et je revois encore, ce gamin, ce soldat de 18 ans qui me faisait face, Moi chancelante, nos yeux dans les yeux, et lui voulant me parler, mais me dire quoi ? Quelle langue comprendrais-je ? Et moi ne sachant rien ni du russe ni d'aucune langue, plus aucun mot, disparue de l'humanité.

Pleure jeune militaire russe, pleure devant moi, larmes qui coulent sans arrêt, Il voudrait dire quelque chose et moi, asséchée de larmes, je ne souris pas, j'ai oublié, je le fixe juste. Comme j'aimerais lui manifester quelque chose. Mais il sait bien que ma froideur ne veut rien dire, émotion en dedans qui ne sait plus comment sortir.

De sa poche, il sort un étui à tabac et commence à rouler l'herbe dans ses doigts, les larmes se mêlent au tabac, le papier se mouille, il sort une autre feuille et recommence à rouler une cigarette qu'il me tend enfin. Je n'ai jamais fumé et pourtant, pas une seconde il ne me vient à l'idée que je pourrais ne pas prendre cette cigarette. Que pouvions-nous dire d'autre ?

Une cigarette parce qu'il sait bien que l'accolade - nous serrer dans les bras l'un de l'autre - risquerait de me briser les os. Cigarette qu'il me tend comme un mot de réconfort si je comprenais le Russe, comme une étreinte si j'étais moins fragile.

Je ferme les yeux, j'aspire. A quarante ans, je fume pour la première fois de ma vie. Comme elle est bonne cette cigarette, docteur Snokoff, le tabac russe désormais gravé dans mon palais. Je relève la tête pour mieux profiter de cet instant, avaler la fumée et regarder le ciel. Il est vraiment bleu, ce n'était pas une illusion. Et soudain un oiseau qui le traverse, un oiseau vivant dans le ciel du camp quand depuis 10 mois nous n'en voyions aucun. J'ai 100 ans et depuis ce jour je n'ai jamais cessé de fumer, jamais voulu que cette première cigarette ait une fin.

Le goût de la vie, docteur Snokoff. Et vous voudriez que j'arrête ?

Rendez-vous à Marrakech

Je ne suis pas retourné ici depuis trente ans.

La première fois, j'étais gamin. 11 ans. 11 ans, ça ne veut pas dire la même chose à Paris ou à Marrakech, c'est ce qui m'a sauté à la figure quand je me suis retrouvé face à un autre gamin et que j'ai découvert qu'on avait le même âge. Moussa tellement à l'aise au milieu des adultes. Et qui gagnait déjà sa vie. Notre première rencontre a eu lieu dans la Medina au cœur de Marrakech où j'ai débarqué avec mes parents et ma sœur.

Dans une cour, derrière une grosse porte en bois, des hommes travaillaient de grands morceaux de matières que je n'ai pas compris tout de suite être des peaux de bêtes. Il a fallu que mon père m'explique que ce n'était pas le quartier qui puait comme ça, mais les cuirs que ces hommes malaxaient avec les poings et parfois même avec leurs pieds en grimpant dans les cuves pour mélanger une drôle de mixture dans laquelle baignaient les peaux.

Et Moussa a débarqué au milieu de tout ça, portant à bout de bras un seau rempli d'une matière qu'un des hommes a déversée successivement dans les différentes cuves. Et le môme est reparti comme il était arrivé, en courant, le seau vide se balançant au bout de son bras.

« *C'est Moussa, c'est mon neveu,* a dit fièrement l'homme qui nous servait de guide. « *Il a 11 ans. Comme toi* ».

J'ai eu un gros complexe d'infériorité soudain et de gêne aussi en me disant que Moussa ressentait peut-être de la jalousie devant la vision de notre famille unie et capable de se payer des vacances pour venir le voir bosser.

Avec mes parents, on est retourné dans les ruelles de la Médina et la visite a continué, mais rien ne m'intéressait plus. Ce que je voulais moi, c'était revivre l'apparition de Moussa au milieu de nous, le surgissement puis la disparition du môme galopant dans les ruelles.

Mais ce serait pour une prochaine fois. Peut-être.

Ensuite on est retourné dans le Riad loué par mes parents et je n'aurais gardé aucun souvenir de ce voyage à l'exception de la cour des tanneurs si notre guide ne nous avait pas raconté l'histoire de Moussa, le soir lorsque nous nous sommes tous retrouvés sur la terrasse de son Riad au coucher du soleil.

C'était pourtant la même scène que les autres soirs, la même terrasse, le même coucher de soleil, les mêmes pigeons qui virevoltaient au loin sur les toits alentour. Mais ce soir-là, l'oncle de Moussa qui nous louait le Riad a parlé de son neveu, Moussa, 11 ans, orphelin, débrouillard et assez lucide pour savoir comment perpétuer le souvenir de son père disparu trop tôt.

Comment grandir lorsque ses parents ne sont plus ? Je ne m'étais jamais posé la question jusqu'à ce soir-là sur la terrasse du Riad. J'ai regardé mon père et ma mère, et on était si heureux à cet instant tous ensemble que c'était trop difficile d'imaginer ma vie sans eux. Alors j'ai préféré me concentrer sur l'histoire de Moussa que nous racontait son oncle.

La plupart des pigeons que nous voyions voler dans le ciel et faire des va-et-vient en cercles autour d'une grande cage grillagée sur une autre terrasse à une trentaine de mètres de notre Riad appartenaient à Moussa. Et son oncle se désolait et s'amusait en même temps que son neveu préfère s'occuper de cet élevage de pigeons plutôt que de venir travailler avec lui et sa femme ou aller à l'école qu'il avait arrêté à la mort de son père, l'année précédente.

Moussa a repris le flambeau. Elever plus de cinquante pigeons pour récolter leurs crottes ! Je n'en revenais alors pas que les crottes de pigeons valent de l'or. Leurs excréments comme gagne-pain puisque Moussa continue d'aller les vendre aux tanneurs de la Médina et que tous lui achètent comme ils les achetaient déjà lorsque c'était son père qui les leur vendaient, et je n'en revenais pas que ça puisse suffisir à faire vivre un môme. Je comprendrais plus tard que ce qui intéressait vraiment Moussa n'était pas l'or, ni l'argent, ni la merde. Tout ça c'est pareil. Ce que voulait Moussa, c'était continuer à faire comme lorsqu'il vivait avec son père. Et les pigeons étaient là pour ça. Moussa enfant sauvage au milieu de la ville. Ce qu'il voulait Moussa, c'était rester libre et devenir son père,

Et puis on est reparti en France. Je me souviens bien du départ. J'étais réveillé avant tout le monde, il devait être très tôt et je suis allé sur la terrasse, le soleil à peine levé dans le ciel. Je ne sais pas ce que j'espérais trouver en y allant si tôt alors que généralement il fallait attendre que la jeune femme qui préparait la table ait fini d'installer le thé, les jus de fruits, les batbouts.

Il était tôt et je la découvrais sur la terrasse au moment où j'y pénétrais. Elle étendait du linge pour qu'il sèche. Elle était devant moi, son visage entouré du voile qui cachait ses cheveux. Timide, elle m'a quand même dit bonjour, surprise de trouver un môme debout de si bonne heure. Je me souviens qu'elle s'inquiétait si je dormais mal dans ma chambre tandis que moi je voulais savoir pourquoi elle cachait ses cheveux. Devant mon insistance d'enfant, elle a accepté de retirer furtivement le voile de ses cheveux pour le laisser glisser sur ses épaules en me précisant bien que c'est parce que j'étais un enfant mais qu'en principe elle ne laissait jamais ses cheveux libres aux yeux des hommes. « *Mais tu n'es pas encore un homme* ». Et puis mes parents se sont levés et on est reparti chez nous, en France.

Je ne suis pas retourné ici depuis trente ans.

Le même Riad, mais son propriétaire n'est plus là et la vieille femme qui m'accueille ne m'est pas encore assez familière pour que j'ose lui demander des nouvelles de l'ancien propriétaire ni du môme éleveur de pigeons, Moussa. Faire durer le plaisir de l'attente. Parce que peut-être au bout, la déception.

C'est le premier soir de mon voyage et je m'installe sur la terrasse. Les pigeons sont encore là à virevolter autour de leurs cages sur les terrasses des Riad alentour. Pas les mêmes bestioles qu'il y a trente ans évidemment - quoique, peut-être, les pigeons vivent tellement longtemps, mais peu importe - et pourtant les mêmes aller-et-retour en cercles autour de la cage et des perchoirs sur lesquels ils se posent, puis repartent à tire d'aile durant toute la soirée, et c'est exactement la même image que je retrouve aujourd'hui, la même terrasse, le même coucher de soleil, les rumeurs de la ville, les volatiles, et la présence de Moussa quelque part dans cette atmosphère retrouvée. Seule l'absence de mes parents fait la différence.

Alors pas envie des petites rues en bas, mais rester là, sur la terrasse, la soirée, la nuit entière et les jours à venir. Je ne suis pas venu pour la Médina, ni le Maroc, mais pour Moussa. Parce que j'ai aujourd'hui besoin de me raccrocher à quelques moments clefs de ma vie d'enfant pour que je comprenne pourquoi ces instants me l'ont rendue unique, et qu'elle aurait été plus fade sans eux. Quelques moments fondateurs aussi uniques aux yeux de l'enfant d'alors que cette apparition d'un môme au cœur de la médina. Retrouver Moussa, c'est plus que retrouver le bonheur que j'avais d'être enfant. C'est accepter la vie que j'ai suivie ensuite.

Moussa est là. Je le sens. Il n'est pas présent physiquement sur cette terrasse mais il est là quand même. Je ne veux pas savoir s'il est vivant ou mort, s'il est resté éleveur de pigeon ou parti changer de vie ailleurs, je le sais dans les parages, c'est l'essentiel pour moi. Le sentiment de Moussa.

La propriétaire du Riad vient me demander si je n'ai besoin de rien, si je compte diner ici et je commence à vouloir lui raconter que je vais certainement prendre tous mes repas ici, petit-déjeuners et diners. J'ai prévu de rester une semaine, une semaine sur la terrasse, ça la fait sourire, je dois être un touriste inhabituel et son sourire est engageant et m'incite à vouloir lui parler. De ma venue ici trente ans plus tôt, elle ne devait pas être là, c'était un autre propriétaire. *Son mari*, me dit-elle, elle travaillait avec lui. Alors peut-être se souvient-elle, mais il a dû défiler tellement de touristes, je raconte ma famille, je raconte Moussa. Elle n'a pas de souvenirs précis, un enfant et sa sœur, leurs parents ? Tout ça est trop vague. Alors je lui parle de l'épisode du voile et bien sûr ça lui revient en mémoire. Elle en porte encore un actuellement, elle a soixante ans et me dit l'avoir très peu quitté de toute sa vie. Quand je lui avoue ce que je viens chercher dans ce voyage, des sensations d'enfance, elle me prévient en riant qu'il est hors de question qu'elle retire son voile pour moi aujourd'hui.

« Vous êtes un adulte désormais ! Cherchez plutôt à fabriquer les souvenirs de votre vie d'adulte ! »

Elle me montre une silhouette d'homme là-bas sur une terrasse à côté d'une grande cage grillagée, autour de laquelle virevoltent des pigeons.

« Vous voyez l'homme là-bas ? »

À contre-jour dans le soleil couchant l'homme qui bouge là-bas ressemble en réalité plus à une ombre chinoise qu'à une personne de chair et d'os.

« C'est Moussa ».

Je ne lui ai jamais parlé et je n'irai pas. Lui dire quoi ? Je lui fais un signe de la main. La silhouette en contre-jour me répond d'un signe de la main à son tour. Il est là comme une apparition et c'est merveilleux.

Rendez-vous à Roissy

I

J'ai connu New York, il y a deux ans. La fumée qui sort des trottoirs, les marches interminables, dans des quartiers interminables.

Et puis Maeva.

Avant, il y a eu Brest et Véronique, une vraie bombe Véronique, six ans de plus que moi à l'époque.

Leonora à Barcelone, la douceur incarnée, une peau de bébé.

Qui d'autres ?

Yasmine à Paris, mon histoire la plus ancienne. Cela fait 18 ans au moins. Yasmine, ma grande histoire d'amour. Quels âges avions-nous alors ? Vingt-quatre ans, je crois. Yasmine, mère de deux filles, 6 et 8 ans dans mon souvenir et moi, père de deux garçons, trois et cinq ans. Jeunes et prêts à replonger, sans nous inquiéter à l'idée de recommencer ensemble ce que nous avions raté chacun de notre côté. Et puis sans vraiment le faire exprès, nous ne nous sommes finalement pas installés dans le même appartement et avons continué à nous voir tous les jours avec nos enfants dans le square à côté de chez elle, à côté de chez moi, ou bien dans sa chambre, ses filles et mes fils gardés par une baby-sitter tchèque dont je serais volontiers tombé amoureux également.

Et c'est de là que vient le problème.

C'est en tout cas comme cela que je le comprends aujourd'hui, que je le comprends seulement aujourd'hui, alors que j'attends Maeva dans le hall de l'aéroport- Roissy Charles de Gaulle – terminal D. Et à force d'attendre, voilà une heure que je m'imagine partir avec la dizaine de filles que j'ai vu défiler devant moi ce matin.

Et pourtant je suis fou amoureux de Maeva.

Maeva, rencontrée il y a deux ans, je ne sais plus précisément la date, mais ce serait facile à retrouver, c'était un soir de concert. Je jouais au Montaigne sur la 52°avenue et comme tous les soirs précédents les concerts, je traînais dans le quartier. Humer les rues autour de la salle est un rite que j'aime par-dessus tout. Perdre mon temps en attendant le soir.

J'étais morose le jour où j'ai vu Maeva pour la première fois. J'avais rêvé la veille que Tatjana s'était suicidée et un médecin tenait absolument à ce que j'identifie son corps retrouvé sur la chaussée de je ne sais plus quelle ville. Comment le médecin savait-il que je connaissais cette fille ? Trop compliqué, alors je me suis réveillé, il était temps, l'ambulancier était justement en train de retirer du visage de Tatjana, la couverture de survie

- drôle de nom en l'occurrence - pour que je vois à quoi elle ressemblait.

A quoi ressemble Yasmine aujourd'hui ? Leonora et toutes ces filles?

Voilà l'état d'esprit dans lequel j'étais avant de remarquer la jeune fille qui me servait au bar de la 52° avenue où j'attendais l'heure de monter sur scène. Je ne sais évidemment plus ce que j'ai commandé, je n'oublierai par contre jamais que Maeva m'a répondu en français, sans accent.

- Vous êtes française ?

- Vous êtes pianiste.

Elle me connaissait, avait assisté à un de mes concerts à Montréal, était à New York depuis 1 an, en avait 23 et serait heureuse qu'on se retrouve après le concert.

C'était il y a deux ans donc et me voilà aujourd'hui à attendre qu'elle sorte de son avion arrivé de New York depuis une heure déjà. Que le temps passe vite. Deux ans ensemble. Enfin ensemble, façon de parler. J'habite à l'hôtel, pas d'appartement, mes fils installés, l'un en Chine, l'autre en Corse, on se voit peu, quand on peut, on s'écrit souvent, on s'aime beaucoup.

Maeva ne les connait pas encore.

Et c'est bien là le problème, je ne raconte pas mes vies parallèles. Une semaine par mois à New York à faire l'amour avec elle, à qui irais-je raconter cela ? Il y a bien eu Laura qui se délectait de mes confidences intimes et moi des siennes, mais c'était une autre époque, une autre vie. C'était juste après

Yasmine, je crois. J'ai toujours eu le chic pour tomber sur des filles à l'appétit insatiable. La preuve avec Maeva encore et notre différence d'âge ne semble en rien contrarier nos énergies expertes.

J'aime beaucoup aussi quand elle m'accompagne au bout du monde. Je me souviens d'un concert à Saint-Pétersbourg. La Russie désormais associée à tout jamais à cette sensation de bonheur.

Et c'est bien là le problème.

Toujours vécu seul, voyagé seul. Quitté les femmes dès cette solitude malmenée. Alors, j'en arrive presque à me demander si c'est vraiment Maeva que j'attends dans le hall de cet aéroport ou si sentant la vieillesse venir, je ne me servirais pas de cette fille pour ne pas finir seul.

Même pas cinquante ans ! Merde ! Encore 20 ou 30 ans à pouvoir baiser ! Alors, quoi ?!

Je la vois derrière la vitre, elle arrive, ne s'occupe même pas des bagages qui défilent sur le tapis derrière elle, elle m'a vu, sa main s'agite, son visage s'illumine. C'est moi qui la rends si joyeuse ?!

Et c'est bien là le problème.

II

D'abord il me fait jouir. Comment j'ai pu me passer de ça avec les autres ?

Ensuite il me fait rire.

Je dois être un peu midinette pour me sentir aussi troublée de le voir m'attendre derrière la vitre ! Je n'en reviens toujours pas. Lui dit que c'est sa célébrité qui m'émeut mais que dalle ! C'est lui, et lui seul. La dernière semaine ensemble était tellement belle ! Comme je suis contente qu'il existe.

Je ne sais pas grand-chose de lui, j'aime bien. Chaque jour d'avantage à en découvrir. Il ne veut pas d'enfant, cela tombe bien, moi non plus. Je connaitrai les siens un jour, toute la vie pour ça. Mon père est mort j'avais 4 ans, depuis, je n'ai pas l'esprit de famille. Et viendra bien assez vite le jour où je lui présenterai ce qu'il reste de la mienne.

Ce jour viendra, ce jour arrive, c'est aujourd'hui. J'ai demandé à ma mère de venir me chercher à l'avion. Elle avait l'air ému que je lui parle de mon prince charmant, je ne lui ai pas dit que c'était quelqu'un de connu, cela n'a aucune importance pour moi.

Elle, a toujours accepté mes petits copains même quand je voyais bien qu'elle leur trouvait le Q.I. d'une plante verte. De toute façon, elle n'a jamais eu trop le choix, on ne se voit pratiquement pas avec ma mère. C'est comme ça, c'est notre choix de vie et je sais bien qu'elle saurait me le dire si elle en souffrait. Elle n'a jamais triché avec nous.

Elle part de loin ma mère. Je crois que je ne l'ai jamais connue heureuse. Quand on était enfant peut-être l'était-elle un peu. J'ai le souvenir de rires dans l'appartement. Il faudra que j'en parle avec ma sœur la prochaine fois que j'irai à Pékin. Se souvient-elle de notre enfance heureuse ?

Ça y est, il m'a vue. Depuis le temps que je m'agite à la vitre, je finissais par me demander s'il faisait mine de ne pas me voir et allait tout simplement me filer sous le nez au bras d'une hôtesse de l'air. Pour être franche, ma vie s'effondrerait alors.

Il s'approche de la vitre, incroyable, il y colle ses lèvres, m'obligeant à faire de même.

III

J'ai bien aimé que Maeva me demande de venir la chercher à l'aéroport. Au début cela m'a étonnée tellement on se voit peu. Mais elle a insisté, et à l'entendre, c'est moins ma fille arrivant de New York après des mois sans nouvelles qu'elle tient à être devant moi, que la jeune femme venue me présenter l'homme de sa vie.

Nous n'avons jamais été proches toutes les deux, mais si je suis là c'est pour me faire plaisir aussi. Elle sait bien que je ne me force pas. Voilà au moins une chose que j'aurai apprise à mes filles : ne pas faire semblant.

Son avion a dû atterrir depuis une heure, il va falloir que j'y aille.

Je ne suis jamais allée aux USA voir ma fille, ni en Chine voir sa sœur. Je suis restée là. Je me demande si je n'ai pas fait exprès de ne rien savoir d'elles aujourd'hui pour ne rien avoir à leur en apprendre sur moi en échange. Et pourtant ce matin j'ai envie d'être heureuse avec elles. Peut-être toute cette vie dans mon coin était-elle faite pour que j'en arrive à ressentir cette chose oubliée jusqu'à ce jour : le bonheur d'être ensemble.

Je sors de la voiture en sueur. Je suis capable d'être en retard, justement le jour où je dois lui montrer que j'ai besoin d'elle. Elle va sortir de l'avion, va arriver dans le hall et je suis capable de ne pas être là ! Bien sûr elle n'attendra pas seule puisque son compagnon sera là, mais tout de même, si elle pouvait deviner que je suis dans ma voiture, sur ce parking, depuis 7 heures ce matin - incapable d'occuper ma matinée à autre chose que l'attendre - elle courrait sûrement dans mes bras, le cœur plein de reconnaissance. Enfin, je crois qu'elle en serait capable. Il y a si longtemps que nous nous sommes tenues dans les bras l'une et l'autre.

Porte 23. Déjà du monde à l'arrivée de l'avion en provenance de New York. Des chariots débordent de bagages, des familles se retrouvent. Dans un coin, soudés l'un à l'autre par la vitre qui sépare l'aire de débarquement de celle du hall, un homme et une femme s'embrassent. Je ne sais pas si je les trouve attachants ou ridicules. Moins de se donner en spectacle que de ne pas être capables d'attendre encore quelques minutes qu'il n'y ait plus de vitre entre eux.

Maeva.

Je la vois de face au moment où elle retire son visage de la vitre, se retourne et disparait vers ses valises au fond de la salle de débarquement tandis que l'homme se retourne et me fait face pour retourner vers la file de tous ceux qui attendent. Il croise mon regard, me sourit comme pris en flagrant délit d'impudeur, puis marque un temps de surprise et vient vers moi.

Comme j'aurais voulu ne jamais connaître ce moment.

- Yasmine ? C'est bien toi ? Quelle surprise !

Je crois que c'est ce qu'il a dit - je crois que je n'ai rien répondu ni même pensé à m'éloigner avec une excuse pourtant facile à inventer - j'accompagnais une amie, je repars, ça m'a fait plaisir de te revoir, depuis tout ce temps, désolée pas le temps - mais déjà Maeva nous rejoint. Je la sens hésiter entre foncer dans mes bras ou ceux de l'homme, mais elle s'immobilise à l'instant même où elle perçoit sur mon visage l'effondrement qui me trahit.

Rendez-vous à Bruxelles

Des lèvres-gouffres flamboyantes desquelles sortent des nourrissons à la chaine, le ciel est rouge et le gris foncé des nuages fait ressortir magnifiquement les éclairs de feu et je me balade au milieu de ce paysage improbable entouré de quelques poissons ailés gigantesques et heureusement inoffensifs. Plus loin d'autres lèvres-pièges et dans un coin la silhouette de Luis qui me sourit. Et pourtant Luis est mort. Et pourtant je suis heureux. En tout cas, je ne pleure pas. Parce que c'est toujours mon ami, même si un peu moins maintenant évidemment, maintenant que je ne peux plus le serrer dans mes bras et retenir son geste. Un peu moins donc, mais quand même.

Luis m'avait prévenu un soir de vin blanc, qu'une fois la terre ferme quittée et avant même de rejoindre l'enfer de l'enfer ou celui des cieux, une fois errant quelque part dans cet entre-deux mondes qui ne semble exister que pour jouer avec les nerfs des survivants sur le thème du « je n'y crois pas », ou du « ce n'est pas possible, il va bien finir par revenir ? », Luis m'avait dit qu'alors serait le signal que j'aille à Bruxelles récupérer toutes ses toiles.

Luis et sa vie d'artiste, mais une vie qu'il ne pouvait plus voir en peinture.

Alors la fin. Choisie, mais tout de même, que c'est brutal. Pour tout le monde.

Me voilà en route vers cette ville que je ne connais pas bien, refusant de m'y balader toutes les fois où je venais visiter son atelier, préférant me perdre dans ses tableaux plutôt que dans les rues alentour. Je me souviens de la découverte de son atelier. Il avait tenu à ce que je sois présent la première fois qu'il y pénétrerait en propriétaire. Une pièce vide, aux murs blancs, au sol cimenté gris profond comme un nuage. Il était excité et j'étais bouleversé de partager cela avec lui. Intimité rare et fragile. Fragile face au risque d'être pulvérisée par l'incursion d'une troisième personne dans notre cercle intime.

Au volant de ma voiture direction Bruxelles, j'écoute en boucle le message à la voix blagueuse de Luis sur mon répondeur alors que l'histoire qu'il me raconte n'est pas drôle. Il y est question d'une femme qui sera là-bas pour me donner les clefs de son atelier afin que je vois avec elle comment organiser une exposition posthume. Sur le coup j'ai trouvé ça macabre. Puis à la réflexion me suis dit que je n'avais aucun droit de ne pas respecter ses dernières volontés. Une belle preuve d'amitié.

Et me voilà occupant mon cerveau durant les heures de route, par les problématiques purement matérielles d'organisation de cette exposition. Son atelier est certes grand, mais sans doute inadéquat au regard de sa production effrénée. Trop de tableaux tueront les tableaux, mais peut-être est-ce cela que cherche Luis en réalité : les toiles entassées les unes sur les autres qu'il faudra dégager des rayonnages pour les regarder à bout de bras, tandis que d'autres accrochés aux cimaises occuperont l'ensemble les murs, l'atelier ainsi autant envahi que chacun de ses tableaux.

J'arrive dans le centre d'une ville qui ne m'a jamais semblé aussi étrangère qu'aujourd'hui. Je n'avais pas remarqué comme les rues sont occupées par des chantiers en cours, des engins de travaux, des tranchées, des barrières. Un vrai bazar. Comme sur les toiles de Luis. Je me gare quelque part, sans savoir précisément si l'atelier est loin, alors je m'égare.

Et après avoir erré quelques temps, passant d'un square à une place pavée, traversant un pont au-dessus d'un canal pour déboucher dans une impasse, je reconnais enfin la rue pavée, les murs en brique de l'immeuble industriel au bout là-bas, les grandes vitres du rez-de-chaussée et me voilà devant l'atelier.

Personne. Il est fermé. Je cherche à scruter l'intérieur en protégeant avec mes mains mon regard des reflets de la lumière du soleil. À l'intérieur, des murs blancs et au sol le ciment désormais tacheté de peinture, mais rien d'autre, aucun tableau nulle part. Le lieu est vide et je ne comprends rien. Où sont les toiles ? Que reste-t-il du travail de mon ami ? De son œuvre ? Partie en fumée comme lui ? Il en serait capable mais alors pourquoi me faire venir jusqu'ici. Mauvaise blague dont je ne comprends absolument pas la signification.

Je ne sais pas comment réagir face à cet atelier vide, ne sais plus ce que je suis venu faire ici ni si mon amitié pour lui était alors vraiment partagée pour qu'il se joue de moi de la sorte. Notre relation une supercherie ? Et le vide de l'atelier comme pour me signifier qu'il ne s'est jamais rien passé ici, ni dans cet atelier, ni entre nous deux. Que tout cela n'était que du vent. Les tableaux, l'amitié, tout est parti, a disparu et rien n'existera plus que dans la mémoire des survivants les plus fidèles.

Alors je m'interroge. Repartir avec mes questions et la douleur inconsolable de n'avoir pas compris mon ami. Ou rester et attendre.

En écoutant à nouveau son message, je vérifie qu'il m'a bien parlé d'une femme censée m'attendre ici. Je me rapproche à nouveau de la grande baie vitrée, afin de scruter encore un peu mieux l'intérieur de son atelier pour que, peut-être dans un coin, un indice, une silhouette, quelque chose ou quelqu'un. L'atelier est toujours vide évidemment mails il n'y a plus de vitrine entre lui et moi au moment où une énorme paire de lèvres-gouffres m'aspire et me voilà face à des seins nus, des seins de femmes dans tous les sens et une tête de taureau qui me regarde, tandis que je marche sur des os ornés avec des ailes de papillons et que sur ma droite un diablotin rouge reconnaissable à ses cornes grimpe sur une échelle qui le hisse plus haut quelque part alors que les piqures récurrentes de becs d'oiseaux maintiennent mon acuité en éveil jusqu'au corps décharné d'une femme à la tête proéminente sous des éclairs de feu qui percent le ciel rouge à travers les nuages gris. La femme annoncée est là, la vérité de l'oiseau, les flammes ou le plaisir en mains, la mascarade, tous ces cartels reviennent à ma mémoire au fur et à mesure de ma balade à l'intérieur des tableaux tandis que dans un coin Luis me sourit, aussi vivant que possible, et je redeviens heureux d'une façon que je pensais ne plus exister.

Rendez-vous à Sarajevo

I

Les deux mômes tirent le cadavre par ses pieds, prenant garde de ne jamais les lâcher car il faut faire vite, vite, mais Bon Dieu que c'est lourd.

Le poids du corps : Medvad pense que ce doit être ça la différence entre un enfant et un adulte. Et au regard que lui lance Zoran à cet instant, il sait que son frère lui aussi se demande s'ils seront aussi difficiles à traîner le jour où, effondrés à leur tour sur le trottoir, il faudra les porter loin des tireurs planqués dans les immeubles alentour.

Ce serait injuste, des enfants aussi lourds que des adultes quand notre vie devait être légère, légère comme celle d'avant la guerre.

La tête du type racle le sol et rebondit par petits à-coups sur le macadam à l'instant où son corps tiré par les deux garçons, glisse du trottoir dans le caniveau.

Le pont, l'avenue, les immeubles tout autour et les deux mômes qui tirent le cadavre par les pieds : les images défilent à nouveau devant Medvad, dix ans plus tard et, aujourd'hui, il aimerait que tout cela ne se soit pas passé dans la même vie. Ce serait la même ville mais toutes les images sorties de son imagination seraient juste une invention pour touristes - il faut bien vivre - juste des élucubrations pour ceux qui en veulent pour leur argent quand nous, sommes dépourvus de tout.

Mais ni ses cris, ses douleurs, ses angoisses, Medvad n'aurait pu les inventer. Medvad prisonnier d'une histoire qu'il doit refourguer maintenant pour vivre. Récit d'un môme pris dans la guerre.

Et pourtant ce matin il rigole.

Car devant ce qui devrait être le panorama qui domine sa ville, il ne voit rien. Non que la ville ait disparu en une nuit - impossible quand quatre ans de bombardements n'y sont pas parvenus - mais ce matin une gigantesque nappe de brume épaisse la recouvre et la rend invisible.

Les touristes sortent du minibus pour rejoindre leur guide qui se marre dans son coin.

« Je vous avais promis quelque chose d'exceptionnel, voilà c'est devant vous ».

Et il faut le croire sur parole lorsque, dans un anglais parfait, Medvad commence la description du site au fond de la vallée, le croire sur parole alors qu'à leurs pieds, le brouillard masque tout et ne laisse rien deviner : les collines tout autour, la synagogue en bas, son toit vert dans la continuité des cyprès, la cathédrale catholique et derrière elle, vous voyez ? Cent mètres plus loin, la nouvelle mosquée blanche, gigantesque et clinquante avec ses minarets dorés et là-bas, une place, des pigeons, le tramway.

Medvad sait bien que de la qualité de sa description, dépendra l'imagination de ceux qui l'écoutent ce matin. De l'anecdote pourront surgir ses images qui le hantent et qu'il tient à partager malgré ces dix ans passés - les deux adolescents dans la ville sans autre choix pour survivre que de jouer à cache-cache avec les balles - enfants de la balle - Zoran qui soudain lâche le pied du cadavre - je m'en souviendrais toujours - et moi qui fais pareil, les deux jambes du type étalées de tout leur long sur le macadam et mon frère, un môme de quinze ans, qui retourne au milieu du pont, se déculotte pour tendre ses fesses dans la direction des immeubles, de l'autre côté du pont. « *Vas-y tire, connard, qu'est-ce que t'attends, tire !* » Zoran qui s'adressait à Dieu autant qu'au sniper planqué à trois cent mètres de là. Mais personne n'a tiré. Défier la mort, c'était notre quotidien, rien de plus à craindre dans cette vie, on était invulnérables. Finalement on a laissé le cadavre, ça n'en faisait jamais qu'un de plus parmi cent, et on s'est enfoncé dans la ville à la recherche d'un abri.

Pour les touristes, ce brouillard n'a alors plus trop de charme. Ils écoutent et avalent les souvenirs de Medvad. Les vacanciers ont d'abord souri de trouver la ville cachée sous la brume ce matin, puis au fur et à mesure du récit, les silhouettes des deux enfants culs nus tendus vers la mort, se sont progressivement dessinées dans le brouillard et plus personne n'a ri.

Et tous sont retournés s'assoir dans le minibus.

L'engin redescend le groupe vers le centre de Sarajevo. A l'avant, à la gauche de Medvad, Milan conduit. Le véhicule dévale les petites rues sur les hauteurs de la ville, frôle les murs, ralentit dans les virages serrés entre les habitations, hoquette à chaque courbe, et reprend sa course vers le centre ville déjà visible un peu plus bas. Et lorsque le minibus traverse une petite place à vive allure, de tous les touristes ballottés par les secousses, aucun à l'intérieur du véhicule ne prête attention à ce type en pardessus sombre dans un coin de la place, debout contre un mur et qui se frappe la tête contre les pierres.

II

Tous les murs se ressemblent et le type ne sait plus pourquoi ses yeux restent rivés sur les pierres.

Sa vie passée à ça.

Et puis de temps en temps, le voilà qui plaque sa tête contre le mur, racle son front et ses cheveux jusqu'à en faire couler le sang.

Quel âge peut-il avoir ?

Parfois encore, il balance ses mains sur son visage, frappant la nuque et les oreilles, prenant son cou à pleines poignes pour mieux frotter le crâne contre le mur. Et puis son ballet recommence : la main droite qui cogne et la gauche à son tour, ce va-et-vient contre la pierre, mur de ses lamentations, le geste mille fois répété et sur son visage, un rictus qu'on ne sait prendre pour un sourire débile ou un cri de douleur étouffé.

Quelques moments à rester immobile, ce regard fixe, peut-être dort-il, sinon quoi ? Peut-être pense-t-il.

Ses journées passées à ça.

Le crâne en sang, le sang en croûtes, quelques cheveux hirsutes, pas encore repoussés après être passés sous la tondeuse de l'hôpital du coin.

Puis à nouveau les cheveux longs quelques semaines plus tard.

Toujours le même manteau gris et le ballet étrange de ses mains qu'il balance sur son visage, frappant la nuque et les oreilles, prenant son cou à pleines poignes pour mieux plaquer le crâne contre le mur, sa tête frottant le crépi des immeubles.

Ensuite la main droite qui cogne ses joues, et la gauche tout autant, ce va-et-vient contre la pierre, mur de ses lamentations lamentables, le geste deux fois, trois fois, mille fois répété et ce rictus sur son visage qu'on ne sait prendre pour un sourire débile ou un cri de douleur étouffé.

Et à nouveau, quelques moments à rester immobile, peut-être il dort, peut-être il pense.

Et encore une fois ses gestes qui recommencent et le frappent comme pour chasser de sa mémoire un souvenir obsédant qui bousille son quotidien.

III

Au début Leonora rampait sur le crâne du bonhomme. La môme allongée à même la tête du type. Puis quand les cheveux se sont mis à pousser autour d'elle, elle s'y est agrippée et s'est retrouvée debout.

De l'horizontale à la verticale et c'est comme cela qu'elle a appris à marcher.

Et désormais quand les cheveux bougent, elle s'accroche aux mèches qui se gondolent au rythme du vent et c'est comme cela qu'elle a appris à danser.

Et puis un jour, au milieu des cheveux du type, des cheveux toujours plus nombreux, des cheveux toujours plus longs, il lui a fallu éviter la main du type qui les recoiffait, cherchant à en chasser la jeune fille.

Leonora s'accroche aux mèches, avance et se fraye un passage dans le sillon tracé. Et les jours de pluie, la tête sous les trombes d'eau, Leonora est inondée, ne sait où s'abriter.

Leonora va se noyer, elle n'a pas appris à nager.

Car l'homme peut rester des heures, des jours sous les orages, la tête sous les gouttières, les mains dans les cheveux, se recoiffant une fois, deux fois, mille fois. Et se frappant le front, les yeux, la peau qui dégouline en larmes et en lambeaux. Le sang recollera tout ça après la pluie.

Et la tempête dans son crâne de plus belle. Va-et-vient infernal du calme et des orages, sa tête contre les murs.

Ces moments douloureux où tout cogne et fait mal, ça bouge dans tous les sens, la tête racle les murs, les mains du type à la recherche de Leonora.

Et à l'instant où leur échappant, elle tombe et va plonger vers le sol quand, dans sa chute, craignant de se retrouver écrasée contre le mur, s'accroche miraculeusement à l'oreille de l'homme, elle l'agrippe - l'oreille au bout des doigts - et s'y réfugie.

Elle échappe aux mains du bonhomme, Leonora insaisissable.

Alors le type est furieux à se taper la tête contre les murs. Sa vie passée à ça.

Enfin protégée à l'intérieur de l'oreille, Leonora se recroqueville dans l'abri, et attend que là-haut ça se calme. Elle attend.

Car parfois, c'est vrai, il ne se frappe plus, reste inerte, l'idée fixe d'un passé trop douloureux à supporter est repartie.

Dans ces moments-là, les yeux de l'homme braquent les pierres pour ne voir que des pierres, fixe les murs pour ne voir que des murs.

Et la tempête s'éloigne.

La tempête est partie. Mais Leonora recroquevillée dans l'oreille est attirée par l'orifice, elle se penche. Et plonge.

Elle s'enfonce dans le labyrinthe, avance, l'homme est calme. Elle s'arrête, reprend son souffle et lance alors son cri, un cri fait de mille hurlements d'enfants et de mères, le cri de Leonora qui s'éloigne dans la tête du type, sa voix montre la voie et cherche à briser le tympan du monstre.

Alors, il se cogne à nouveau la tête contre les pierres et ça fait mal parce qu'au fond de lui, Leonora hurle qu'elle est là et ne partira plus. La femme accrochée à la racine de ses cheveux et il a beau les raser, racler son crâne contre les murs, jamais plus jusqu'à la fin de ses jours, il ne se débarrassera d'elle. A en devenir fou et se frapper la tête contre les pierres, balancer ses mains sur sa figure , une fois, deux fois, mille fois puis les laisser finalement retourner d'où elles viennent, sur le manche du poignard, la lame du couteau contre le cou de l'enfant et ce filet rouge qui se met à couler en travers de la gorge du môme et Leonora qui regarde l'homme qui regarde l'enfant qui regarde sa mère avant de s'écrouler et les cris de Leonora et de l'enfant réunis résonnent aujourd'hui dans sa tête, la mère condamnée à traîner l'image gravée de son enfant égorgé tandis que l'homme s'en va satisfait du devoir accompli, plus loin sur la colline, une autre maison, une autre famille, une autre torture.

IV

Immobile comme un mur mais les idées à mille allures à l'intérieur de sa caboche. Immobile comme la pierre avec juste quelques souvenirs qui galopent et lui font mal.

C'est curieux qu'elle se souvienne de ses 4 ans, de ses 8 ans, de ses 10 ans alors qu'elle est incapable de se rappeler les derniers instants de sa vie qui ont dû forcément être terribles pour qu'ils la clouent ici.

Ce serait à pleurer si ses larmes, ses os, son corps, n'étaient fossilisées eux aussi.

Immobile comme un légume. Paraplégique comme un rocher et personne pour seulement imaginer comme ça rumine à l'intérieur. Si rigide en dehors mais dans ma tête, un tourbillon.

Les gens qui défilent devant elle ne savent rien de sa douleur. Parfois des infirmières s'avancent, la soignent, s'adressent à elle, Parfois une voix, un visage, Leonora entourée d'inconnus.

D'autres fois ses paupières se ferment, elle se repose, c'est tout.

C'est drôle que je ne me souvienne que de mes 4 ans, de mes 8 ans, de mes 10 ans. J'étais enfant et puis c'est tout. Je me souviens de papa qui m'appelait Tinou.

Allongée ou assise, perfusée, alimentée par des soignantes jamais lassées de ne pas entendre ses réponses quand elles lui parlent, son visage idiot comme une plante verte quand elles lui sourient.

Et quand parfois une main sur la sienne, elle ne sent rien.

Une pierre.

Leonora avait 4 ans, 8 ans, 10 ans et puis plus rien. Choquée, elle a tout oublié jusqu'au prénom de sa mère.

V

Fadila ne voit du type que son dos – il porte des gants en caoutchouc, des bottes vertes, une combinaison en plastique qui le fait ressembler à un cosmonaute – aussi ne sait-elle pas bien ce qu'il fait précisément, mais au son strident régulier qui lui troue les tympans, elle imagine que l'homme scie l'os qu'il vient de saisir de sa main gauche.

Et effectivement à un moment, la main droite repose une petite scie sur la table. La femme détourne les yeux – et les oreilles si elle pouvait – pour regarder dans le couloir de l'hôpital, priant le Prophète que l'on vienne vite la sortir d'ici. Elle cherche Medvad du regard, il avait pourtant bien dit qu'il serait là.

« Fadila M. ? »

Voilà, on vient enfin s'occuper d'elle. Un jeune homme l'emmène assez loin pour ne plus entendre grincer la scie contre les os.

Elle a l'impression d'avoir déjà vécu cette scène et c'est normal puisqu'il y a cinq ans, elle était venue ici, le même couloir, le même jeune homme pour l'accueillir. On lui avait pris un peu de sang, elle ne voulait pas mais avait finalement cédé sur l'insistance de Medvad. Depuis que l'on découvrait chaque jour de nouveaux charniers, le gouvernement lançait dans tout le pays une campagne d'identification des victimes grâce à leur ADN. Medvad n'avait pas hésité une seconde et donné quelques gouttes de son sang. Son père était forcément quelque part et on finirait bien par le retrouver.

Il avait fallu convaincre sa mère mais Fadila ne voulait pas, croyant sans doute encore possible de retrouver son mari vivant.

« *Mais depuis le temps, maman, il se serait manifesté, aurait forcément ressurgi, il aimait tellement sa famille* ». Ou alors c'est qu'il est devenu fou, perdu en pleine campagne hostile ou au milieu d'une grande ville, méconnaissable, choqué à se frapper la tête contre les murs !

Finalement Fadila avait donné un peu de son sang, elle aussi. Le sang dans quelques pipettes étiquetées puis classées avec d'autres, dans une pièce remplie d'armoires réfrigérées, archives vivantes d'un peuple en voie de disparition.

« On a confronté votre ADN à celui d'un corps retrouvé à B. Nous avons bien relevé que vous disiez dans votre dossier qu'il n'y avait aucune raison pour que votre mari se trouve aussi loin de chez vous mais l'ADN du squelette retrouvé correspond à celui que votre fils nous a laissé".

Medvad arrive à ce moment-là dans la pièce, il a entendu la fin de la phrase, il a compris. Il regarde sa mère et le temps s'arrête.

L'homme reprend la parole.

« *Alors si vous le voulez bien, nous allons vous présenter les objets qui étaient enterrés avec le corps* ».

Sur une étagère, dans un coin de la salle, une montre, un calepin et deux photos illisibles. Fadila hésite à s'en approcher.

Puis voyant les vêtements étalés bien à plat sur le sol, elle a moins peur, ce ne sont pas ceux de son mari. Cela fait plus de dix ans c'est vrai, mais elle se rappelle encore parfaitement comment il était habillé la dernière fois qu'elle l'a vu. Il s'enfonçait dans la forêt, toujours habillé en bleu de travail, veste et pantalon - ses tenues de bricolage - il avait en plus ce jour-là avec lui une sacoche en cuir remplie de munitions qu'il devait porter à Medvad, de l'autre côté du bois. Il n'est jamais arrivé et ni son fils, ni sa femme n'ont su qu'il avait été raflé et embarqué dans un bus.

« *Vous savez, il est fréquent que l'on retrouve des hommes à qui on a donné d'autres vêtements, justement pour brouiller nos pistes, alors les vêtements que vous voyez aujourd'hui, ne vous y fiez pas trop, regardez plutôt les objets. Ils vous disent quelque chose ?* »

Fadila manque de chavirer car depuis qu'elle est dans cette pièce, elle a bien vu que les photographies abîmées lui en diraient plus que n'importe quel code ADN ou dents en or retrouvées sur une mâchoire défoncée. C'était un repas de fête, la pendaison de crémaillère de leur cabane près du lac. Sur une des photographies, il y a Fadila, Mansour son mari et leurs trois enfants, trois visages de mômes tous sourires exhibés, Medvad 12 ans, Zoran 10 ans et Leonora 15 ans. Elle s'en souvient, deux photos que Mansour aura gardées dans sa poche jusqu'au bout et elles ont beau être bouffées par l'humidité, Fadila en recompose les détails, elle entend même les rires et le bruit de la fête. C'est leur ami Milan qui prenait la photo.

Medvad aide sa mère à quitter l'annexe de l'hôpital, ils ne trouvent plus la sortie, et errent pendant dix ans leur semble-t-il, croisent des dizaines d'éclopés dans les couloirs, dix ans que toute cette merde est terminée paraît-il et pourtant, dix ans que les mains de tous les éclopés s'agrippent à leurs béquilles ou leurs fauteuils roulants.

Fadila ne prête pas attention à la porte entr'ouverte d'une chambre froide. Sur une enfilade d'étagères, des centaines de housses blanches et parmi elles, Mansour, son mari, le père de Medvad, Zoran et Leonora, parti un matin de septembre 1992 en pleine forêt et qui n'est revenu à Sarajevo que sous la forme de quelques os entassés dans une housse blanche.

VI

Un tibia, un fémur, parfois une côte, les radiographies défilent devant Zoran mais ce n'est jamais vraiment grave. Des fractures comme mille autres, parfois même rien du tout, des fausses alertes mais vous avez bien fait de vérifier, si cela peut vous rassurer.

Zoran est conciliant, il comprend que l'on puisse s'inquiéter.

Il a stoppé ses consultations un instant et c'est curieux car c'est justement à ce moment-là que le téléphone a sonné.

Pour la première fois depuis qu'il travaille ici, son assistante l'a entendu parler dans sa langue natale. Elle se doutait bien à son accent que Zoran venait d'ailleurs, mais depuis dix ans, elle avait fini par se convaincre que ça devait être dans une autre vie.

Il a pris la communication, parlé dans cette langue étrangère, l'infirmière n'a rien compris mais a deviné que les nouvelles n'étaient pas bonnes.

Il a raccroché donc, repris une radiographie qu'il a posé sur le support éclairé accroché au mur, fixé la reproduction d'un os quelconque mais à la place du fémur, c'est le visage de son père qui apparaît en filigrane.

Il ne savait même pas qu'il avait disparu.

« *C'est mon père, on a retrouvé son corps. Il faut que j'y aille, dans trois jours on organise sa sépulture, il faut que j'y aille. Vous vous arrangerez dans le service* ».

Son assistante a souri pour qu'il n'ait à se préoccuper de rien d'autre que de ce qui vient de ressurgir par le coup de téléphone.

Dans la tête de Zoran, les tâches de la journée à venir défilent déjà : retourner dans son petit pavillon de la banlieue sud de Paris, faire sa valise, se renseigner sur les vols pour cette ville dans laquelle il n'est pas retourné depuis dix ans et attendre à l'aéroport. Personne à prévenir ici de son départ, ses amis se rendront bien compte de son absence, et sa famille est déjà là-bas à l'attendre.

C'est du moins ce qu'il espère sans en être tout à fait certain.

Zoran arrivé à ce moment de la vie d'un homme où il va bien falloir affronter ce qu'il a toujours réussi à laisser de côté jusque-là.

VII

Dans l'agence immobilière de la rue principale de Sarajevo, pas loin du marché Markalé, Medvad attend qu'on s'occupe de lui en regardant les maquettes des cités neuves qui, dans quelques mois, vont sortir de terre, de cette terre qu'il a défendue autrefois.

Alors aujourd'hui, il veut sa part.

Tout le monde dans la ville parle du relogement mis en place par le gouvernement, des prêts accordés, des appartements réservés aux anciens de l'armée. Alors Medvad attend son tour parce qu'il en a marre de vivre à quatre dans deux pièces, parce qu'il en a marre que chaque matin, passant devant elles, les ruines de son ancienne maison lui rappellent qu'il n'aura jamais les moyens de la reconstruire.

Le type de l'agence qui examine son dossier doit à peine avoir trente ans. Où était-il toutes ces années? Une université en Europe, n'importe où, Medvad s'en fiche en réalité, il veut juste qu'on inscrive son nom sur une liste. Et quand le jeune homme lui conteste la véracité de son certificat de militaire, Medvad se verrait bien sortir son arme s'il ne l'avait pas rendue - docilité des derniers combattants, fatigués de lutter - et tirer sur le type. Voilà des années qu'il craint ce jour où ne pouvant plus contrôler sa violence, elle resurgirait à son insu.

Le jeune type lui explique même que son dossier serait plus facile à traiter si Medavd était invalide, Medvad se calme et recommence à exhiber les preuves : il a bien perdu son logement pendant la guerre - une photo avant, une photo après, je fais comment, j'habite sous les gravas? Je suis un rat? Je suis un militaire et une balle dans ton front te suffirait-elle comme preuve? Mais Medvad ne dit rien de tout ça, plus aucune force quand de sa vie, jamais jusqu'à ce jour, il n'en avait manqué. Tous ces gens l'épuisent encore un peu plus et l'empêchent de faire la paix avec lui-même.

Il ressort de l'agence, son dossier déposé parmi d'autres. Un instant, il s'est demandé si tout ne s'arrangerait pas plus facilement s'il y avait glissé 3 000 marks en liquide dans une enveloppe, mais même s'il les avait, le dégoût de cette société en train de naître l'aurait emporté. Il voudrait se perdre dans sa ville. Mais il en connaît chaque recoin, chaque impasse, chaque rue. Comment s'y égarer ?

Naturellement ses pas le ramènent devant une grille défoncée. Des ruines envahies de ronces et au fond du jardin, le lierre recouvre des morceaux de bois amassés les uns sur les autres, reliquat du rêve jamais accompli de leur père. Son excitation lorsqu'ils partaient tous les trois, Mansour le père, et les deux frères, Zoran et lui Medvad, dans la camionnette remplie de planches. Ils roulaient deux ou trois heures dans les montagnes jusqu'au terrain au bord du lac. Zoran et lui faisaient mine d'aider leur père à décharger, mais même avec toute la volonté du monde, deux mômes de 12 ou 10 ans ne lui étaient pas d'un grand secours. Heureusement, Milan arrivait à son tour. Milan, un type costaud auquel Medvad et Zoran voulaient ressembler, le genre d'homme aux mains comme des raquettes et qui peut vous glacer le sang d'un simple regard. Il suffit que son visage arrête soudain de sourire, vous fixe et voilà : vous avez peur en vous demandant à quel moment et à quelle vitesse la gifle va surgir. Un type qui en impose, un type à qui il ne peut rien arriver de grave, qui se tirera de toutes les saloperies de la vie, et qui s'en est d'ailleurs tiré.

Quelques années plus tard Medvad a retrouvé ce regard de Milan sur les visages de tous les copains dans les bois. C'était durant la guerre et lui-même devait avoir ce rictus dessiné sur son visage aussi, les fois où embarqué contre l'ennemi dans des corps à corps à l'arme blanche, c'était lui ou moi, les yeux injectés de sang et la mâchoire serrée.

Finalement, la cabane existe, Milan a fini de la construire après la guerre, malgré l'absence de

Mansour et de Zoran, Milan ici comme chez lui jusqu'à la fin des temps. A moins que la cabane ait-elle aussi été détruite finalement, Medvad n'en sait rien, jamais eu le courage d'y retourner.

Reste le souvenir d'une fête dans la cabane près du lac. Medvad entend encore une vague musique, les rires de son frère, de sa sœur, de leur mère, de leur père et de Milan qui prenait des photos.

VIII

Sarajevo, le 24 avril 1992.

Cher fils, mon Zoran,

Je suis d'une humeur particulière, peu à peu je sombre dans la folie et je sens que c'est difficile d'y résister. Je ne sais pas combien de temps, je pourrais supporter cette démence. Je crois que je vais me saouler ce soir avec mes amis. Je ne sais pas pourquoi je te raconte ça. Peut-être parce que je ne suis pas certain que tu recevras cette lettre, alors je me lâche. En tout cas je suis content que tu aies pu partir te protéger loin de toute cette merde.

Je pense à toi. Medvad et ta mère t'embrassent.

Sarajevo, Dimanche.

C'est encore moi. Aujourd'hui tout est tranquille, peut-être à cause de Paques. Hier il y avait plein de monde au centre ville, c'était très beau, l'air a un parfum d'été. Medvad est sur les collines, tu sais qu'il a rejoint l'armée dès les premiers jours, il passe de temps en temps ici, mais, avec les bombardements, ça commence à être dangereux.

En tout cas, ils attendent les Tchetniks de pieds fermes et ne reculeront jamais, tu peux me croire.

Ce que j'aimerais pourtant plus que tout, ce serait de pouvoir monter en haut sur les collines et regarder la ville et la vallée. Le pire est que tout est si incertain que personne ne peut savoir ni même imaginer ce qui va arriver.

Ton père

Zoran pourrait laisser les mots défiler, il connaît chaque lettre sur le bout des doigts – ses mains suivent les lignes d'écriture lorsqu'il en relit une, parfois, au hasard de ses insomnies.

Dans le hall de l'aéroport, des familles se filment au caméscope, et les rires, les cris ramènent Zoran au présent.

Zoran a peur des retrouvailles avec Medvad.

Mais pourquoi son frère, pourquoi sa mère lui reprocheraient-ils d'avoir fui quand même leur père était d'accord?

« *Au moins une personne en sécurité* ».

Et sa sœur? Qu'est devenue Léonora?

Où qu'elle soit, je suis sûr qu'elle pense la même chose que moi : j'ai bien fait de quitter toute cette merde.

Dix ans sans être revenu, dix années sans n'avoir jamais donné la moindre nouvelle. Le corps de Zoran est tout à coup pris de tremblements, au moment où la sonnerie du téléphone cesse de retentir à l'autre bout de la ligne, quelqu'un vient de décrocher. Il n'a pas vu sa mère depuis 10 ans. Pas osé, une lâcheté supplémentaire.

IX

Fadila est au téléphone et Medvad entre dans l'appartement au moment où elle raccroche. Elle regarde son fils et dit juste qu'elle regrette de ne pas être partie pendant la guerre.

Alors Medvad comprend qu'elle vient de parler à Zoran. Zoran parti en France. Medvad en aurait pleuré de rage à l'époque si son père n'avait pas été là pour lui expliquer que c'était mieux et que lui, Medvad, pouvait en faire autant.

« Pars te protéger, nous c'est trop tard, notre vie est ici, notre maison, tout ça. » .

Par la fenêtre depuis leur douzième étage, Medvad fixe aujourd'hui ces avenues que lui et son frère connaissaient comme leur poche. Longtemps, il a maudit ce frère, reprochant à Zoran de ne pas être resté là avec lui pour les défendre.

Et pourtant, comme il aimerait l'entendre sonner à la porte à cet instant, il ouvrirait et ils se jetteraient dans les bras l'un de l'autre.

Mais il sait bien que ce n'est pas comme cela que les retrouvailles vont se passer.

Il hésite : « *c'était Zoran?* »

Fadila : *Oui, il va venir; la sépulture est dans trois jours mais il arrive demain matin.*

X

Sarajevo le 10 mai.

Cher fils,

Ici la situation se détériore de plus en plus et je remercie encore Dieu qui t'a permis de te mettre en sûreté. Je t'écris depuis les ruines d'une ville merveilleuse et unique. Tout n'est qu'un enfer de mort, d'odeur âcre, de brûlé, de faim, de pleurs, d'hommes morts ou mutilés, de mosquées, d'églises, de synagogues démolies, d'écoles, d'hôtels, d'hôpitaux de musées dévastés. Une ville maudite. J'ai honte d'être témoin d'une époque où l'on tue des enfants ou l'on détruit tout ce qui existe, tout ce qui est vivant, j'ai honte d'être comme tous nos voisins autour de nous, faibles face aux agresseurs ; j'ai honte de l'Europe qui se tait.

Sois heureux Zoran, j'espère que tu trouves beaucoup de bonheur où tu es. Fais ça pour nous.

Ton père

Sarajevo le 22 juin.

Bon anniversaire mon fils.

Je ne sais même pas si mes lettres te parviennent mais je te le dis quand même parce que je pense à toi. Je suis tellement content que tu ne sois pas ici car ce serait idiot de faire une fête d'anniversaire pour qu'après les Tchetniks commencent à tirer et tout casser. Si tu voyais ce qui reste de la ville, Sarajevo est un camp de concentration, nous n'avons rien à part des morts, des morts partout.

Ce serait bien d'être ensemble, quelque part auprès de la maison du lac en train de boire du vin, de manger du fromage et des gâteaux.

J'ai envie d'une bière, mais la bière n'existe plus à Sarajevo. Je t'aime et joyeux anniversaire

Ton père

Les mots de son père disparaissent, brutalement remplacés par les annonces qui résonnent dans la salle d'embarquement. Zoran., tiré de ses songes.

Mais il ne veut pas que les mots s'en aillent alors Zoran colle les paumes de ses mains sur les oreilles et appuie aussi fort qu'il peut. Perdre le timbre de la voix de son père serait une catastrophe, dix ans à trimballer ses mots et soudain ne même plus être capable d'imaginer comment son père les prononcerait. Alors il appuie sur les oreilles à en souffrir. Et la voix revient.

Sarajevo le 31 juillet.

Zoran,

Je ne sais pas ce qui se passe dans ma tête, je suis incapable d'écrire. Ou plutôt je peux écrire, mais je n'ai rien à te raconter. Tout continue de la même façon depuis si longtemps, tous les jours se ressemblent. Je ne sais même plus quel jour nous sommes et je n'ai pas vu Medvad depuis longtemps, mais je suis sûr qu'ils ne se laissent pas faire par les Tchetniks qui nous assiègent.

Les journées sont horriblement longues. Ta mère est allée se réfugier chez les parents de Milan, mais moi je reste chez nous. Pas question que j'abandonne notre maison. Chaque jour je vois des gens qui traversent le pont en bas, tu te souviens, hier deux hommes y ont été tués. Lorsque des choses comme ça arrivent, les gens désespèrent pendant quelques heures puis ils recommencent à courir comme si de rien n'était. En fait c'est la seule façon de survivre, je sais que cela peut paraître ridicule et absurde de s'exposer aux dangers pour rester en vie mais c'est une manière comme une autre de les combattre.

Ton frère a été touché par quelques plombs lors d'un combat, c'est Milan qui me l'a appris mais il va bien. Sanko, tu te souviens peut-être de lui, a reçu un éclat en plein visage. Nous n'avons plus de nouvelles de Leonora depuis si longtemps que je suis très inquiet pour elle. Mais peut-être que là où elle est, c'est finalement le calme qui domine.

Va savoir contre quels obus me mettent en garde les sirènes d'alarme. Je ne descends plus à la cave, "qu'ils aillent tous se faire foutre"

Je pense à toi. Que fais -tu ?

Ton père

Zoran remarque alors l'hôtesse de l'air en train de gesticuler la pantomime grotesque que chacun est susceptible de savoir reproduire en cas de problème grave de l'avion. Que l'avion s'écrase, voilà ce qu'il souhaite. Et ne plus avoir peur de ces retrouvailles. Mais même un scratche de l'avion ne ferait pas disparaitre sa lâcheté à jamais gravée dans l'esprit des vivants.

XI

C'est le matin à Sarajevo.

Le tramway passe. Dans un Cybercafé un gamin joue à un jeu vidéo de guerre et sur une petite place pavée envahie de pigeons, un groupe de gens gesticulent et parlementent. Ce sont des touristes qui attendent Medvad qui n'est toujours pas là. On leur a bien dit que ce guide n'était pas très fiable mais d'après leur agence de voyages, c'est le meilleur et le seul disponible à cette époque de l'année. Et il connaît tellement bien la ville.

C'est curieux, même le chauffeur Milan n'est pas là.

A l'aéroport Zoran attend. Personne pour l'accueillir. Sa mère lui avait pourtant dit que Medvad viendrait le chercher. Peut-être est-il là mais Zoran ne le reconnaît pas. Lui-même est bien devenu totalement chauve en 10 ans. A quoi ressemblent les survivants de Sarajevo ?

Mon Zoran,

Tout d'abord, je veux te dire que je t'aime beaucoup beaucoup beaucoup et je pense à toi chaque jour et je suis sûr que ta mère aussi, mais je ne la vois plus en ce moment. Tu sais que je suis resté dans notre maison. Je passe les journées assis dans la salle de bain et j'ai l'impression qu'on passe la journée à me tirer dessus. Alors, derrière la baignoire, pas de danger, je suis bien protégé.

Tu regardes sûrement à la télévision les reportages sur Sarajevo. La situation est très dure, je ne suis pas sorti depuis plusieurs jours, je n'ai rien mangé depuis trois ou quatre jours et j'ai dû beaucoup maigrir.

Tout s'est vidé, je veux te le dire, mes veines se sont vidées, mes reins, mon cerveau, mon cœur. Mais ce qui me fait encore plus peur, c'est mon âme : elle aussi complètement vide.

Je regrette, excuse-moi, mais j'ai à te dire des choses cruelles, te parler des amis que j'ai perdus, qui ont été tués : le peintre Rizovic, Vesna, Fuad Alija. Et puis tous ceux qui vivent encore mais à moitié. On me dit que je dois vivre et j'écoute, mais je ne peux pas. Je ne sais pas où est Léonora et je voudrais foutre le camp d'ici, rejoindre Medvad, être utile, mais je suis devenu complètement vide. Nous pensions voler, nous sommes tombés à terre, tu te rappelles cette chanson ?

La seule chose qui ne me rend pas malheureux est de te savoir en vie quelque part.

Je t'embrasse, prends soin de toi.

Ton père qui t'aime.

Les taxis devant l'aéroport de Sarajevo.
Zoran attend.

Rendez-vous à Amsterdam

C'est décidé, cette semaine, je vais lui faire ma déclaration d'amour. Je réfléchis encore aux circonstances idéales.

On sera tous les deux en pleine campagne, face à un paysage sans aucune âme à l'horizon à l'exception d'une dizaine d'oiseaux noirs au-dessus des blés et ce sera magnifique. Mais le vent hurlera peut-être fort dans les arbres là-bas au point de risquer nous empêcher entendre ce qu'on pourrait se dire à ce moment-là. De toute façon, moi, le souffle coupé devant tant de beauté, n'arriverai peut-être pas à lui dire comme je suis heureux de partager ce moment avec Elle. Trouver la personne avec qui se taire face au merveilleux est ce qu'il y a de plus difficile dans la vie. Elle, attendant peut-être une réponse à la question qu'elle m'aura posée, mais que le vent, ou une sensation de rêve éveillé dans laquelle je baigne souvent, ou mon état de conscience altérée par l'émotion d'être ici avec elle, auront rendu inaudible, s'impatientera.

Finalement, les risques que les conditions extérieures nuisent à ma déclaration sont quand même considérables. Alors pour éviter cela, le vent, les mots inaudibles, le silence casse-gueule, je décide de l'emmener avec moi rencontrer Vincent parce que je sais trouver chez lui les conditions idéales pour ma déclaration. Et puis me plaît cette idée de l'associer à ce type. Tous les deux sont tout de même ce qu'il m'est arrivé de mieux dans la vie. Et je veux qu'elle le sache. Voilà l'objet de ma déclaration en réalité.

Je sais bien que nous ne serons pas les seuls à venir voir Van Gogh alors que je le voudrais pour nous deux seulement. Mais, j'ai une idée pour contourner ce problème. Nous partons donc Elle et moi, en train ce matin, et je n'ai évidemment pas choisi ce jour-là au hasard. C'est la veille de la fermeture du musée.

Elle, adepte des surprises, m'accompagne sans poser de questions, voyage en silence dans le compartiment, puis dans les rues d'Amsterdam jusqu'au musée où il me reste encore à la convaincre d'accepter de se cacher avec moi dans les toilettes pour hommes du rez-de-chaussée. Nous faire enfermer jusqu'au lendemain, car demain, le musée interdit au public, nous laissera seuls avec Vincent entièrement disponible pour nous.

Seuls à seuls avec les tableaux devant lesquels je veux nous retrouver tous les deux pour ma déclaration. Je connais très bien les lieux même si c'est la première fois que je débarque ici. Grâce à une étude approfondie du site internet du musée, je sais exactement où aller directement.

Au dernier étage.

Voilà ! Nous sommes cachés dans les toilettes du rez-de-chaussée, attendant le moment propice, celui imaginé dans mes rêves les plus fous.

Combien de temps avons-nous attendu ? Des heures sans doute. Difficile à évaluer, car je me suis endormi. Et j'ai rêvé. D'Elle. J'imagine lui laisser un message sur le répondeur de son téléphone lui proposant de me rejoindre et m'accompagner jusqu'ici pour lui présenter une personne importante à mes yeux, donc aux siens. Quelque chose d'unique à partager.

Et puis je me réveille. J'ouvre la porte des toilettes, il fait nuit quand je me retrouve dans le hall. Nuit noire et j'appréhende, la trouille au ventre, qu'un système d'alarme se déclenche. Alors fais demi-tour et retourne vers les lavabos, décidé à attendre la lumière du jour. Pas envie de voir les tableaux à la lumière du flash de mon téléphone portable. Je ne sais distinguer si je suis encore dans mon rêve ou si mon message a vraiment été envoyé hier, ou si Elle est réellement présente ici avec moi pour cette escapade. C'est la confusion totale dans ma tête, jusqu'à ce que sa main saisisse la mienne et m'entraine dans les escaliers. Je la sens au bout de mon bras devant moi, la sais à mes côtés lorsque nous débouchons au dernier étage du musée. Et là, rien !

Evidemment Elle n'est pas à mes côtés, c'était un rêve et le présent redevient cauchemar lorsque je me réveille mal assis par terre dans les toilettes du rez-de-chaussée. Trop douloureux d'être plié en quatre, assis par terre, les jambes allongées, le buste appuyé sur la cuvette, et trop douloureux de réaliser que je n'étais ni devant les tableaux ni avec Elle.

Alors depuis la cabine des cabinets, je sors mon téléphone de ma poche et je l'appelle, et contre toute attente, Elle me répond, Elle est ici, Elle est en bas, au rez-de-chaussée, au milieu de la foule, des badauds. Elle s'impatiente, me demande ce que je fais et qu'elle m'attend depuis dix minutes.

Je lui donne rendez-vous dans les toilettes hommes du rez-de-chaussée, qu'Elle vienne me rejoindre afin que nous attendions ensemble le lendemain matin pour reproduire dans le réel, l'émotion dans laquelle baignait mon rêve à l'instant.

Et puis le bruit d'une chasse d'eau sorti de la cabine d'à côté me tire de mes rêveries. Je m'étais endormi à nouveau. Je n'ai évidemment pas téléphoné à Elle qui n'est évidemment pas devant moi qui ne suis pas dans les toilettes du musée Van Gogh à Amsterdam

« Bon, tu voulais me dire quelque chose ? »

Elle me tire de ma rêverie. Nous sommes allongés dans l'herbe et j'étais en pleine sieste après le pique-nique dominical. Je me lève et lui tends la main qu'elle saisit et elle se lève à son tour. Debout dans le vent et face au champ de blé, j'ai le sentiment que ce ne sont pas les paysages qui ont inspiré Vincent mais l'inverse.

Je sors cette phrase à Elle qui me regarde et me sourit. C'est un moment précieux.

Et je vois enfin ce que Vincent a voulu me montrer.

Rendez-vous à Montréal

Je n'aime pas Montréal.

La première fois, j'ai dû m'évanouir, je ne sais plus pourquoi, et une fois réveillé, remarqué qu'il faisait jour en me découvrant étalé sur le trottoir d'un quartier que j'apprécierai plus tard à force d'y trainer certaines nuits au milieu de prostitués que je finirai bien par connaître.

Mais ce premier matin-là, retrouvé étalé sur le trottoir, j'avais mal de partout. Me sont revenus en mémoire les coups de cannes reçus la veille, à moins que je me sois fait mal tout seul en sautant par la fenêtre de l'appartement sur la poubelle plus bas sur le trottoir, pour échapper aux coups.

Je suis parti au petit jour en claudiquant sans trop savoir où aller. Il n'y avait personne dans le quartier, les prostituées devaient dormir et leurs clients aussi, mais pas dans les mêmes lits. J'aurais donné cher pour me retrouver moi-même au fond d'un plumard plutôt que le long de cette large avenue sur lesquelles fonçaient des voitures qui me frôlaient. Il faisait froid et un moment, mon corps s'est mis à trembler de peur à cause d'un camion qui roulait trop proche de moi, un camion trop gros, trop rapide et j'ai vacillé et me suis retrouvé à nouveau étalé sur le trottoir. J'étais faible, mon corps en coton n'arrivait plus à me porter, alors j'ai crié, crié pour que quelqu'un vienne me chercher, me relever, me sauver.

La deuxième fois, la chute sur le trottoir semblait inévitable parce que ça tirait terriblement sur une laisse au bout de laquelle un chien cherchait à s'enfuir. Que fuyait-il ? Aucune idée. Voulait-il m'emmener avec lui, quitter ce quartier dans lequel je m'engluais toutes les nuits à le recherche d'un regard ami ?

La troisième fois, c'était encore pire. Devant moi, un pont sous lequel je claudiquais encore, faisait comme un tunnel et caisse de résonance pour le bruit du moteur des voitures qui me frôlaient et un instant, la tête pleine du bruit des moteurs, je me suis bouché les oreilles avec les mains et ce sont des cris d'enfants qui sont arrivés et m'ont attiré, et j'ai trouvé ça normal, parce que moi aussi j'aime bien crier parfois et moi aussi j'ai été enfant autrefois. Sur un parking gelé transformé en terrain de hockey sur glace, les silhouettes des mômes claudiquaient tout comme moi mais leurs cannes étaient légères aux bouts de leurs bras.

La quatrième fois, c'est aujourd'hui.

J'erre dans une rue que je reconnais pour y être déjà passé un jour de neige et de froid. Le genre de froid qui se glisse sous les vêtements, sur les mains bleues et dans le cou. Je marche depuis longtemps à la recherche d'un foyer où me réchauffer, vivre enfin. Et puis à force de me laisser envahir par le vent glacé, à ne plus sentir ni mes jambes, ni mes bras, ni mon cerveau, un bien-être rare m'envahit alors. L'immeuble en brique avec son escalier jusqu'au perron devant la porte d'entrée en bois me semble familier et la grande poubelle en métal posée sur le trottoir me rappelle quelque chose. Alors la réalité reprend le dessus.

Je grimpe la première marche de l'escalier, continue sur la deuxième puis la troisième marche jusqu'à la porte restée ouverte et je pénètre enfin dans la baraque et tout de suite à droite dans mon appartement, plus exactement dans la pièce qui est à la fois la cuisine, la chambre, le foyer et je tombe nez à nez avec un type qui ne me demande pas ce que je fais là, mais m'assène directement des coups répétés sur la tête avec une canne. Il cogne, continue de frapper et ça me rappelle que ça aurait été bien pratique si j'avais eu un chien avec moi pour me protéger de ce type introduit chez moi. Le type toujours furieux, me frappe et je me mets à crier de douleur et tout se mélange dans ma tête et il fait subitement noir tout autour de moi et c'est normal, c'est la nuit et je ne suis pas en train de m'évanouir, mais au contraire en train de retrouver mes esprits, étalé sur le trottoir de ce quartier que je commence à bien connaître pour y passer toutes mes soirées au milieu des prostituées que je connais bien pour traîner souvent avec elles.

L'une d'elles vient me relever, j'ai dû pas mal boire pour ne pas arriver à poser un pied devant l'autre sans le soutien du bras ami de la femme. Elle m'emmène jusqu'à sa chambre, au rez-de-chaussée, m'allonge sur son lit et s'en va doucement en refermant la porte derrière elle.

J'aime Montréal.

Rendez-Vous à Asnières

Elle a le regard ailleurs. Parti très loin au-delà du cadre de la photo noir et blanc. Les mains retiennent un livre et les coudes sont appuyés sur ses genoux hors champ. Tant de choses hors champ dans leur histoire ! Ses longs cheveux noirs dégringolent comme une rivière sur ses épaules et se rejoignent sur son sein gauche. Un tableau de Modigliani, il pense en regardant la photo qu'il a toujours pris soin de garder sur son téléphone alors qu'en dix ans, il en a changé régulièrement. Ses lèvres ne dessinent aucun sourire parce que le regard est perdu, parce qu'elle-même est perdue, parce qu'ils comprennent tous les deux qu'ils viennent de se perdre, elle qui posait sans le savoir ce matin-là et lui qui prenait cette photographie, instantané noir et blanc d'une vie en train de s'écrouler. Lèvres refermées à jamais ? Il voudrait se tromper et les voir bouger et elles formeraient des mots parce qu'elle parlerait et la photo s'animerait et même si aucun son ne sortait, ce ne serait pas grave, il saurait lire sur les lèvres, il en sûr.

Il ne sait pas trop à cet instant si c'est le grain de la photo ou celui de la peau du visage plus touchée depuis dix ans qui le bouleverse. Ou la conscience qu'il va peut-être parvenir à changer cela dans quelques heures.

Cette peau. Ses mains en ont gardé intact le souvenir. Pas une peau particulièrement douce mais imprimée sur ses doigts au point de ne plus en avoir touchée d'autres depuis ce matin-là. Pas de la même manière en tout cas.

Elle ne sait pas qu'il va débarquer. Pendant longtemps, il s'est interdit d'arriver sans prévenir, à l'improviste. Aujourd'hui, il ose.

Il sait où elle habite puisque c'est l'appartement qu'ils ont partagé plus de dix ans. Il ne sait pas si elle vit avec quelqu'un d'autre désormais et cela lui est égal, c'est elle qu'il vient revoir. Il n'a jamais abandonné l'idée que ce jour-là serait possible. Depuis une heure déjà, il a garé sa voiture pas très loin et depuis une heure il regarde la photo. Et ce sont d'autres images qui défilent. Association d'idées au rythme des souvenirs. Il est bien entraîné. Dix ans que ça dure. Dix ans, l'âge qu'aurait leur enfant.

S'il avait été là ce soir-là et si, elle aussi, avait été là plutôt qu'ailleurs.

Si la mort subite du nourrisson n'existait pas.

Si la tempête ne s'était alors pas installée entre eux.

S'il était possible de continuer à vivre sans ce sentiment d'injustice.

Si tout ne s'était pas cassé, transformant les promesses en illusions, les écueils de la vie en tâches indélébiles entre eux. Si, si, si.

Il se fiche de savoir si elle aura changé, sait qu'au fond, ils seront les mêmes et que ces retrouvailles ne sont pas gagnées d'avance.

Il hésite à sortir de la voiture et marcher dans les rues. Faire durer la peur en compagnie de la mélancolie gravée sur la photo du visage.

A travers le pare-brise de la voiture, la perspective de la rue lui rappelle qu'ils en ont fait des kilomètres à pied par ici, arpenté les trottoirs de cette petite ville sans âme. Comme une façon de lui en donner une. Même en enfer, on serait content de se balader puisque ce serait ensemble. L'enfer, il a connu ça et ce n'est pas du tout pareil de le vivre seul ou à deux. Ça il peut en témoigner.

Il s'est garé le long du petit square avec ses jeux pour enfants dans lequel ils n'ont jamais pénétré. Juste passés devant toutes les nuits lorsqu'ils rentraient après avoir fermé leur boutique à l'autre bout du boulevard, vers la gare.

Aujourd'hui il vient lui dire qu'il est encore possible d'animer la photo. La faire se retourner vers l'objectif, le regarder qui la regarde.

Alors enfin, il sort de la voiture. Sur le trottoir, ses jambes chancellent et dans sa tête, ça tourne à toute allure, alors appuie son bras sur la carrosserie, ferme les yeux et se rend compte qu'il tremble. Il a machinalement remis le téléphone dans sa poche sinon, sûr qu'il regarderait encore la photographie.

Et soudain, se redresse, se donne une petite claque sur les joues et marche et fonce en direction de leur appartement. Ses pieds l'emmènent sans aucun effort, ils connaissent le chemin.

En sortant du virage, il se cogne la tête contre les feuilles de la glycine qui était déjà là il y a dix ans et ça l'impressionne toutes ces choses qui n'ont pas bougé dans la rue malgré les années. Comme une promesse que tout sera comme avant, que c'était juste la fatalité de leur vie et qu'ils peuvent la reprendre où ils l'avaient arrêtée. Transformer l'illusion en promesse, ils en sont capables, non ?

Il va bientôt apercevoir son balcon. Celui duquel elle lui faisait des grands signes quand il partait les matins ouvrir leur boutique tandis qu'elle restait à faire durer le plaisir du café pris au soleil du matin.

Il se rapproche de l'immeuble sans oser relever le nez vers le ciel, alors fixe le bout de ses chaussures, essaye de ne penser qu'au bout de ses chaussures et pas à la silhouette qu'il devine une fraction de seconde quelques étages plus haut, là-bas au bout de la petite rue.

Et puis si, il ose, relève le visage, son regard aimanté par la forme qui attend là-haut et il lui semble qu'elle le regarde.

Il oublie le bout de ses chaussures, ne voit plus que sa silhouette à elle là-haut sur le balcon et devine qu'elle le fixe qui approche et il est incapable de savoir si elle est surprise ou si elle ne le reconnait pas, il essaye de ne pas penser à tout ça pour seulement marcher vers elle et quand il voit un bras faire un mouvement là-haut, il hésite à bien regarder si elle bouge sans intention particulière ou si elle lui fait vraiment signe, et enfin il ose, et enfin il la fixe et ce n'est pas une silhouette, c'est elle, seulement deux étages plus haut, plus très loin et il se dit qu'il aimerait être capable de lui prendre cette main qu'elle agite doucement depuis quelques secondes, car il ne rêve pas, sa main se balance lentement de la droite vers la gauche et inversement en petits mouvements courts et très lents, comme si la photographie se mettait à bouger au ralenti et il ose maintenant la regarder qui le regarde.

Elle semble lui dire quelque chose depuis son balcon, pas la peine de crier pour qu'il comprenne même s'il ne l'entend pas encore, il le lit sur ses lèvres. Je t'attendais.

Rendez-vous à Barbizon – 2

Gisèle a l'impression d'avoir toujours été ici à sa place, plus exactement immédiatement su que le bar dans lequel elle pénétrait pour la première fois ce jour de septembre, était le genre d'endroit sur lequel on espère tous tomber un jour pour enfin poser ses valises. Pour elle, ce lieu était une évidence. Et lorsqu'elle sourit en découvrant le lieu, c'est à la vie qu'elle sourit en réalité. Une histoire de promesse faite à elle-même un jour où tous les horizons semblaient bouchés. Et c'est vrai qu'à peine entrée dans le bar, Gisèle a su qu'elle serait heureuse ici. Et puis l'appartement au-dessus de la salle aussi. Seule et heureuse désormais. Pourtant ce n'était pas gagné pour elle cette histoire de page à tourner. Les rappels à l'ordre de sa vie d'avant comme un goût aigre sur le palais et sur la langue restaient tenaces. Malaises trimbalés par le souvenir d'une dispute débile pour une histoire banale de kiwi. Ou de banane. Un fruit qu'il serait soi-disant ridicule d'acheter hors saison, une histoire d'empreinte carbone, elle n'avait pas tout compris à l'époque, mais une histoire suffisamment grave pour que ça éclate entre elle et lui, ce matin-là encore et qu'elle se décide à partir trouver refuge dans le silence des forêts. Ces balades salvatrices de plus en plus fréquentes les derniers temps favorisaient le retour du calme à l'intérieur d'elle-même au fur et à mesure du temps consacré à l'abandon. Elle, facilement colérique, capable de violence, *« Tu serais capable de nous tuer tous dans tes moments de folie »* lui disait déjà sa mère durant son adolescence. Alors avec lui, une fois devenue femme, elle la connait cette violence, a toujours dû faire attention à la maîtriser dès la colère montée en elle. Alors la forêt, les balades, la solitude. Et puis un jour, partir pour de bon. Elle a abandonné le bar de Pigalle qu'elle tenait avec lui depuis trente ans, elle a dit « *je te quitte* » et elle est venue ici. Un village à la lisière de la forêt. Passer de Toulouse-Lautrec à Renoir. Elle ne sait pas ce qu'elle va y trouver à part une vie nouvelle. Cette histoire de promesse à tenir pour ne pas se décevoir, ne pas se saboter.

L'agent immobilier sur lequel elle est tombée ce matin de septembre devait être psychologue ou perspicace quand il l'a vue débarquer à la recherche d'un local à acheter. Refaire sa vie à soixante ans, le type n'a pas souri, il a trouvé ça très bien. Depuis, il fait partie des clients habituels du bar que Gisèle a ouvert à la lisière de la forêt, il y a quinze ans. Et depuis, hiver, été, son bar ne désemplit plus, toujours du monde, à l'intérieur ou en terrasse.

Elle l'a ouvert l'année où une auberge à quelques mètres de là, autrefois repère des impressionnistes, venait de fermer et qu'il n'existait plus rien dans le village pour accueillir les nombreux touristes et les peintres du dimanche. Gisèle a comblé un vide pour tous ces gens. Et pour elle-même. Et pour les gens du village. Depuis quinze ans, Gisèle les accueille dans la grande salle au parquet usé ou en terrasse dès le premier soleil de l'hiver sorti. Gisèle a ainsi perdu sa colère, et sa vie s'est organisée ici. Apaisée. Alors la forêt n'est plus un refuge mais une compagne qu'elle retrouve un jour par semaine. Elle laisse les clefs du bar à la jeune Annie et part en balade. Et pense de moins en moins à sa vie d'avant. De plus en plus à celle de maintenant. Et après ? Après le bar. ? Cesser de s'en occuper un jour ? Jamais ! Ses amis sont ici désormais, les clients habituels, et même ceux de passage, elle les trouve tous attachants. S'arrêter serait ne plus les voir. Et reviendrait la solitude. Et la colère. Gisèle a peur de ça. La colère assez maligne et enfouie, trouverait le moindre prétexte pour sortir d'elle et revenir lui pourrir la vie.

Annie pourrait reprendre le bar tandis qu'elle resterait vivre à l'étage, descendrait lui donner un coup de main de temps en temps. Inverser les rôles. Comme une façon de ne pas décrocher brutalement. Gisèle lui proposera demain. Aujourd'hui c'est le jour de repos de sa jeune amie et Gisèle ne sait pas ce qu'Annie fait ces jours-là, ne lui a jamais demandé - on a tous des jardins secrets - mais demain, c'est décidé, elle lui dira qu'elle est un peu fatiguée. De travailler. Et de vivre aussi peut-être. Elle dira tout ça à la jeune femme demain même si Gisèle a encore en mémoire le jour où Annie lui a proposé de travailler avec elle, c'était il y a quinze ans. Gisèle a d'abord refusé. Puis accepté. Refusé parce que la jeune femme est née ici, n'a jamais voulu aller voir ailleurs et toujours soutenu ne rien attendre de particulier de sa vie. Alors la colère de Gisèle est ressortie ce matin-là pour forcer la jeune fille de 18 ans - *18 ans : tu as toute la vie devant toi, ma chérie* - à s'en aller découvrir le monde. C'était il y a douze ans exactement, mais Annie a refusé de partir d'ici et Annie a sorti ses arguments. Une histoire de promesse à tenir, rester là pour être certaine de la tenir, et seulement ensuite, partir. Gisèle a essayé de lui dire que plutôt qu'une promesse faite à elle-même, Annie s'accrochait à un pretexte qui cachait autre chose. La peur de la vie ou un truc comme ça, mais elle n'a pas jugé sa jeune amie. Juste voulu l'aider à grandir. Alors l'a embauchée. Une fois par semaine. En attendant. En attendant quoi ?

Il y a déjà du monde ce matin, premier soleil de l'hiver, et Gisèle retourne à ses gestes matinaux des cafés à servir en terrasse aux matinaux. Des peintres du dimanche, des marcheurs qu'elle ne reverra pas, et puis des habitués. Et parfois d'autres personnages qui ne sont ni peintres, ni marcheurs, ni habitués. Il y a toujours un type ou une femme sortis de nulle part et qui peuvent rester des heures entières à attendre, seuls. Comme ce jeune homme que Gisèle voit arriver là-bas sur le trottoir, qui approche, hésite à s'assoir en terrasse, pénètre dans le bar - son regard fait le tour de la salle - puis retourne s'assoir dehors. Un jeune trentenaire, ni peintre, ni marcheur, ni paumé, juste un type prêt à attendre toute la journée derrière les tasses à café qui s'accumuleront devant lui. Attendant quoi ? Le monde bouge et lui reste immobile sans même aller profiter de la forêt pourtant à deux cent mètres à peine.

Et la journée passe et le jour peu à peu remplacé par l'obscurité du crépuscule amène Gisèle à fermer boutique. Le jeune homme pas pressé de partir. Demain sera différent pour lui sans doute, il ira ailleurs faire la même chose peut-être, remplacé ici, à la même place par un autre tandis que les marcheurs marcheront encore et les peintres peindront toujours. Ce sera demain et même Gisèle ne sera pas là, puisque demain est son jour de repos ou plutôt de balade en forêt tandis qu'Annie tiendra le bar. C'est leur rituel à toutes les deux.

Depuis sa caisse au bout du comptoir, Gisèle fait les comptes de la journée en attendant sa jeune amie qui ne devrait pas tarder à venir chercher la clef du bar pour l'ouvrir demain matin. Mais la jeune femme n'est toujours pas là, et c'est curieux. Le bar désert désormais, les rues sans doute aussi à cette heure-ci, et Annie pas encore arrivée. Gisèle sort poser les volets en bois sur les vitres et débarquant en terrasse, trouve Annie assise face au jeune type toujours pas parti, et Gisèle comprend immédiatement que ce n'est pas ce qu'on appelle un couple légitime à la façon dont la main droite du jeune homme effleure la joue gauche d'Annie. Gisèle le sait car elle a encore en mémoire les fois où son homme tentait ce genre d'audace avec elle autrefois. Elle pressentait toujours quand il allait la gifler. Elle levait alors aussitôt sa main pour retenir celle de l'homme, arrêter son geste. Gisèle le savait capable de la frapper. Et désormais lorsqu'une main s'approche de la figure de l'autre, entre caresse et gifle, Gisèle sait immédiatement faire la différence. Alors cette image de la douceur incarnée qu'elle découvre dehors la bouleverse, et Gisèle retourne discrètement à l'intérieur de son bar, laissant le jeune homme et Annie à leurs gestes amis. Annie, assise en terrasse, et qui pleure de joie en silence, Annie soudain jeune déesse aux joues translucides. Sur celle de gauche, le jeune homme continue de passer sa main droite pour essuyer les gouttes d'eau salée. Et sur le visage de la jeune femme un sourire. Annie qui découvre comme la vie est longue et pleine de promesses.

À PROPOS DE L'AUTEUR

Benoît Sourty est romancier et réalisateur d'une vingtaine de documentaires pour différentes chaines télévisées. Il est également scénariste et réalisateur de fictions courts et moyens métrages. Auteur de deux pièces de théâtre, il est également producteur de captations théâtrales pour différentes compagnies. Il dirige la pédagogie d'une école de cinéma en région parisienne. Trois de ses romans ont été publiés: *Loin des yeux* (Éditions Travioles, 2009), *Crache les cuisses* (Éditions Fayard, 2014) et *Je m'enneige* (Éditions Asphalte, 2019).

DU MÊME AUTEUR

LOIN DES YEUX, *Éditions Travioles* (2009)
CRACHE LES CUISSES, *Éditions Fayard* (2014)
JE M'ENNEIGE, *Éditions Asphalte* (2019)
RENDEZ-VOUS, *Pierre Turcotte Éditeur* (2023)

SOMMAIRE

Nouvelles chez
Pierre Turcotte Éditeur

Paul ADAM
La mésaventure

Antonio Rolando ARENAS
Un periodista sin trabajo [espagnol]

Mikhaïl BOULGAKOV
Красная корона [russe]
La couronne rouge
Морфий [russe]

Laurence CHAUDOUËT
La revanche d'Antonia

Valérie DE LA TORRE
L'étage de la maison Belrose

Rudyard KIPLING
The Village That Voted the Earth Was Flat [anglais]

Soledad LIDA
Dramma giocoso

Fabiana Elisa MARTÍNEZ
Conquered by Fog [anglais]
Stupidity [anglais]

Alejandro MÁRSICO
Rastitas [espagnol]

Pablo PALACIO
Un hombre muerto a puntapiés [espagnol]

Antonio ROCCO
Alcibiade enfant à l'école
L'Alcibiade fanciullo a scola [italien]

Benoît SOURTY
Rendez-vous

Pierre TURCOTTE
Le recul du lecteur
Un coup bien monté

Karl Heinrich ULRICHS
Manor [allemand]

Lili VELLE
L'envol

Nathalie VILLALBA
Un jour d'été

Virginia WOOLF
La veuve et le perroquet
The Widow and the Parrot [anglais]

Pierre Turcotte Éditeur
10393, avenue Christophe-Colomb
Montréal (Québec) H2C 2V1
Canada

turcotte.pierre@gmail.com

https://pierreturcotte.com

Printed in France by Amazon
Brétigny-sur-Orge, FR

16474419R00080